15歳、終わらない3分間

八谷 紬

STARTS
スターツ出版株式会社

自分を偽ることが、こんなに簡単になったのはいつからだろう。
目の前は明るいのに、そこには行けず眺めながら呼吸する日々。
「助けて」のひとことが胸につかえて、ぶくぶくと沈んでゆく。
みなが持つ、きらきらとした青い欠片がまぶしくて目をつぶる。

だけどもう、それをやめよう。
いつまでも閉じていたら、ほんとうに大切なものまで見えないままだから。

怖くても、その勇気はいずれ、願いをかなえる力になる。
一番欲しいものを、手に入れる力になる。
だからその手を握って。

さよなら、ありがとう。十五歳の自分。

幼さと、大人びようとする感覚が混在するからこそ手に入れたチャンスは
かみさまがくれた、終わらない、三分間。

目次

15歳、終わらない3分間

1. ばいばい。

かみさまという存在はきっとあるんだと思っている。

いる、んじゃない。ある、んだ。


まだ明るい空を見上げれば、飛行機雲がクロスを描いていた。遠くに入道雲があり、そこに向かって一筋、それと交差して一筋。

グラウンドからは部活動の声が聞こえてくる。野球のボールを狙い打つ金属バットが、気持ちのよい音を奏でていた。サッカー部のかけ声も、陸上部の応援も。隣の校舎から聞こえる吹奏楽部の音色も、すべてが絡まって空に溶けてゆく。

汗がこめかみを伝い、首筋を流れていった。あたたかいだけの風が吹く屋上には私ひとり。立ち入り禁止ではないこの屋上も、暑い時季にはみんな上がってこない。

フェンスに両手をかけ、じっと校舎裏の景色を見つめてみる。

校舎の裏はちいさな山。リスがいるらしいけれど、見かけたことは一度もなかった。ううん、入ったことすらない。そもそも高校に入学するまではよく知らない存在だった。だけど気がつけば、いつのまにかあの山も生活の一部。屋上に足を運んでは、眺めていた景色の一部。

そのまま下に視線を移せば、ただの土だ。植え込みもゴミ置き場もなにもない、ここ数日雨も降っていないから地面はやわらかくないだろう。

ぶわっ、と風が頬を叩き、髪の毛をさらってゆく。目をつぶったと同時に思い出す、昨夜の義母の声。聞きたいわけじゃなかったのに、聞こえてきてしまった途端、全身の神経を尖らせて聞いた義母の電話の声。

『あの子はかわいくないし、扱いにくいし』

〝あの〟が指すのは誰かなんて考えなくてもわかってしまった。〝扱いにくい〟、なんてことば、人に対しても使うんだって、なぜかそこが気になってしまって、そんな自分に笑いが出た。

でもその笑うって行為は、私がしたかったものとは違っていて、とてもむなしくて。またそれを義兄に見られて『へらへら笑うなよ、気色悪い』って……悪循環。

いっそ、面と向かって『お前なんていらない』と言われたほうがましだった。どうしてこうなったんだろう。いつからそうなったんだろう。でも、そうやって悔いたって、もう遅いし意味がないんだってわかってる。

だって、みんなこう言うでしょう？　後悔なんてしたって意味がない、役に立たない、するぐらいならそもそもやるなって。

悔いがない人生って、どんなものなのだろう。私にはわからない。もっとも、そんなに長い人生を生きてきていないけれど。

今日は私の誕生日だ。

十六歳、法律上は結婚もできる歳。

ちいさいころは十六歳なんてもっと大人だと思っていた。あちこちで見かける女子高生に、華やかで大人びた魅力を感じていた。

でもどうだろう、今の私は、想像よりもずっと子どものままだ。十五歳のときと、去年の今ごろと、なにも変わらない。

毎日朝になったら起きて、学校に行って、一日机に向かって、下校して、家事をして、眠って……また朝が来る。そんな毎日をおもしろいとも思えず、むしろ窮屈さすら感じながら過ごしている。でも私はなにも変えようとしないでただため息を押し殺して生きているのだ。

気がつけば、笑うことなんてもうなかった。嘘でも笑顔でいればほんとうになるよ、って教えてもらったのに。そう、教えてもらったはずなのに、あれは誰だったのかもう覚えていないぐらいには、笑うことなんてあきらめていた。ほんとうになったことなんてない。その誰かを嘘つき呼ばわりすることなんてしたくないけれど、私には無理だったんだって今ならわかる。だってじょうずに嘘がつけるほど、器用さを持ち合わせていないから。

器用さもないし、度量もない。今まで生きてきて、私にはいったいなにがあるんだろう。なにが、できるんだろう。

十六歳にもなれば、もっといろんなことができるんだと思っていた。

〝高校生にもなったんだから〟。

そうみんなが言ってきた。

なのに十六歳が、高校生がなんだっていうんだろう。自分ひとりでは、なにもできない。そして、なにも変わらない。十六歳に、女子高生というものに、夢や希望を抱いていた私が幼かったんだろうか。それに大人である自分を求めたのが間違いだったんだろうか。

いや、きっとそんなことよりも。

なにもしようと思えない、自分がきらい。誰かに本音を話すことも、助けを乞うこともせず、ただ漫然と現状を受け流している自分が一番の子ども。扱いにくい、気味の悪い子ども。

だからきっと、私がいなくなったところで、世界はなにも変わらない。明日はいつものようにやってくる。ちょっと、空白ができるぐらいだ。それも教室にひとつ空席ができる程度の、物理的なもの。

ふたたび吹いた強い風が、目にごみでも運んできたのか、涙がひとつ、頬を落ちた。

命を大切に、なんてきれいなフレーズ、十五年間で何度聞いてきただろう。親からもらった大事な身体、あなたが死んだら私はかなしい。とても耳に心地よい、ありふれたことば。刷り込みのように幾度も聞いてきたけれど、残念ながら私のこころにはひとつも響いていなかったみたいだ。

だって、わかっているから。命がどれだけ尊いものかなんて。当たり前すぎて、改めて考えてみるまでもない。もう二度とお母さんの目が開かないと知ったときの絶望を、私は今でも持ち続けている。

でも……それでも、なのか、だからこそ、なのか。大切な尊い命、それをどうとらえているのか私にはわからない。自分のことなのに変だと思うけれど。ただ、私は私にひとつの決断を下した。

きっと許されないだろう、そんな曖昧な理由の決心なんて。

ひとはみんな理由を求めたがる。どうしてそんなことをしたの、どうしてそうしなかったの。そう問うて、問うて、出てきた答えに、理解ができないって言って安心する。ああ、あのひとと自分は違うんだ、だからそんなことをしたんだ。自分は大丈夫、そんなことできるはずがない。そうやって遠いところの関係ないできごとなんだって安堵する。

そんなことに、なんの意味があるの。最近の若者は理解できないって憤って、殺人犯の心理は理解できなくて安心して。そんなの、勝手すぎる。

だったら、私の決心だって、私の勝手でいいでしょう。

決心、なんていうほどたいしたものでもない。自分でも不思議には感じた。一晩、考えながら眠って、朝起きたときにはさあ学校に行こうという意識と同じレベルで頭にあったから。

ああ、私は今日自分の人生を終わらせよう。

ふう、と息を吐く。まだ目にごみが入っていたらしい。涙のにじむ目もとを指でこすって、前を見る。灰色のフェンスの隙間から、青々とした木々がこちらに手を振っている。

ゆっくり、でも確実に、フェンスをつかみつま先を差し込んでゆく。こんなこと、久しぶりだ。まるで小学生のころの探検ごっこみたいだった。

あのときはこの先になにがあるんだろうって期待感がいっぱいだったけれど、今の私はこの先にあるものを知っていた。それはけして期待に胸を膨らませるようなものではない。まったく異なるもの。それとは正反対のもの……。

だけど一番上まで登ったとき、ちょっとだけ気持ちがよかった。いつもよりずっと高い位置から見える校舎裏は、ほんのすこしだけ景色が違って見えた。きっと秋にはきれいな赤色や黄色に染まるんだろう。冬前にはリスが葉の落ちた枝を走り回っていたのかもしれない。

そう想像すると、ちょっとだけしあわせで、ちょっとだけさみしかった。でも、そんな気持ちもうすぐ消えて、すべて、なくなる。

――トンッ。

頂上で折り返して、最後の一歩分を飛び降りると、私の心は真っ白になった。意外なほど、さっぱりとした気持ちだった。

もうあと、二歩ほどの世界。そこから先は知っているけれど、知らない世界。このきれいな空も、あかるい部活動の音色も、あたたかい風も、すべてが意味を失うんだろう。

空を仰いでから、下を見る。そこで生まれる。軽い恐怖感と、薄い高揚感。ふたつが入り混じって不思議な気持ちになる。

手に入れるのは自由ではない。幸福でもない。ただ私は、解放される。それだけ。下には誰も見えない。腕時計の針がさすのは五時半ちょうど。目の前に広がる空と山は、とてもきれいなコントラストを生んでいる。

死ぬのに今日は適した日だ。

「ばいばい」

誰に伝えたかったわけでもないことばが口を出て、自然と私の足が前をゆく。たった二歩に迷いはなかった。三歩目の地面がない感覚に、全体重をゆっくりと委ね身体を反転させる。

空を見て、死にたかった。


落ちる。


まるで映画のスローモーションのように、私の身体が宙に舞う。一瞬だと思っていたのに、ほんとうにゆっくりと、空が遠くなってゆく。

きっと一番に見つけたひとはショックを受けるだろう。ショック、なんて軽いことばで終わらせたらいけないぐらいのことだろうし、学校で飛び降りるなんて、迷惑で嫌味なだけだ。

でも私は、学校がきらいではなかった。むしろ学校のほうが好きだった。

みんなのようにきらきらしたものは持っていなかったけれど、その近くにいられるのは、けっこうしあわせだった。

だからこんなことをするのは申し訳ないとは思ったけれど、選択肢がほかになかったのが事実。


落ちてゆく。


どこまでも、どこまでも青い空。はてしなくて、遠い景色の中、ふと異物が飛び込んでくる。屋上の、さっき私が立っていたところ。

——霧崎《きりさき》くん?

黒い影が、私を見下ろしている。名前を知っている程度のクラスメイトで、話したこともほとんどないけれど、どうしてか立っているのは彼だと確信できた。

どうして、そこに。

そう思った瞬間、私の身体は鈍くて緩い衝撃を受け入れた。

2. かわらない。

死んだらどこに行くんだろう。そんな疑問はちいさいころからおぼろげに持っていたけれど、ついにその答えが出たのかと思ってしまった。

間違いに気づくまでにほんの数秒。見えているのは見慣れた教室の天井だった。あ、とかすれた声が出る。同時に、視界の端からひとの顔が現れた。きれいな、整った顔だった。

「……霧崎、くん？」

私をのぞき込んだその顔が「大丈夫か」とちいさな声で聞いてきた。それにうなずくと、彼の手が私のほうへ伸びてくる。そこでようやく、私は教室の床に倒れているのだと気がついた。

大丈夫、そう自覚するように彼へと言ってから、私はひとりで身体を起こす。霧崎くんはなにも言わず、立ち上がったのを確認して私からすこし離れてゆく。その顔には、長めの前髪で影ができていた。いつもと変わらない姿。左耳あたりを触る指が、とても細くて、長くてきれいだった。

はじめて、しっかりと彼の顔を見たかもしれない。のんきにそう思った瞬間、ぴりっとしたものが頬を走った。でもそれは、次に生まれた疑問にすぐに消えてゆく。私はどうしてここにいるのだろう。

「あれ？」

不意に聞こえてきた声に目をやると、そこには日下《くさか》さんが立っていた。彼女だけじゃない、五十嵐《いがらし》くんと村瀬《むらせ》くんもいる。三人とも、同じようにあたりを見回していた。

「なんで教室？」

村瀬くんのことばに、みんなが同じような表情を浮かべる。

どうやら私と同じように、彼らも気がついたら教室にいたみたいだ。三人ともなにかを思い出そうとするように首を傾げている。

なにげなく自分の身体を触ってみた。ちょっと不安だったものの、手のひらの先にはちゃんと感触があって、けして冷たくもなかった。

もしかして夢を見ているのだろうか、とこっそり頬をつねってみる。

——痛い。夢じゃない、たぶん。

顔を上げると同じことをしている村瀬くんと目が合ってしまって、慌てて視線を外した。笑われたかもしれないけれど、おあいこだ。外した視線の先には霧崎くんが平然と座っていた。

そういえば、と記憶が蘇る。屋上、青空、落ちてゆく感覚。その中に現れた、黒い影。そしてすっ、と背筋が冷たくなったような、恐怖にも似た不安感が生まれる。見られていた、だろう。飛び降りた私の姿を。

彼の顔はたしかに下を向いていた。影になっていたはずなのに、どうしてか私には彼の顔がはっきり見えていた。だとしたらどうしたらよいのだろう。彼は私になにか言ってくるだろうか。もし、今この瞬間が夢でないならば――夢でないならば、いったいどうして飛び降りたはずの私が教室にいるのだろうか。

言いようのない不安感と気味の悪さに、淀んだ空気を吸ってしまったかのような感覚に襲われる。理解が追いつかない頭をぞわぞわしたものが侵食してゆく。

「なんかよくわかんねえけど、とりあえず部活戻るわ」

短髪の頭をがしがしとかきながら、村瀬くんはドアへと向かった。日下さんも「友だちといたんだけどなあ」と腑に落ちない表情であとに続く。五十嵐くんは動かなかったものの、眼鏡のブリッジに指を当ててなにやら考えごとをしているようだった。視界の端の霧崎くんは、いつもと変わらない雰囲気で机の上に座っている。

うまく飲み込めない現状。みんなが曖昧な気持ちをはらんでいるみたいで、教室全体が落ち着かない空気に包まれていた。

「ちょっと、はやくしてよ」

突如、日下さんの声が響いた。彼女の前には村瀬くんが立っていて、ドアを開けようとしている。けれどそのドアは一センチたりとも動いていない。村瀬くんが精一杯踏ん張っているのに、だ。

「ねえ、皐次郎《こうじろう》ってば」

急かす日下さんと村瀬くんの焦りが空気に乗って伝わってくる。いちはやくそれを嗅ぎ取った五十嵐くんがふたりのもとに駆け寄った。しかし村瀬くんと五十嵐くんのふたりでドアを開けようとしても、なぜかそれはちっとも動いてはくれなかった。

さすがにことを重くみたのか、今までちっとも周りに興味を示していないように見えた霧崎くんが、ドアとは反対にある窓へと歩き出した。つられて私も歩いていって、鍵へと手をかける。

かちゃり、と軽い音をたてた鍵はあっけなく動いてくれた。続けて窓に手を伸ばし、左へスライドさせる、つもりがまったく動く気配がない。

別の窓を開けようとしていた霧崎くんのほうを見ても、同じらしい。霧崎くんが首を横に振る。聞こえてきた激しい音に振り返れば、日下さんがもうひとつのドアをこぶしで叩いていた。

「どういうことだ」

はじめて口を開いた五十嵐くんの声は、とても重いものを含んでいた。その顔に焦りの色は見えないけれど、目だけはきょろきょろと動いている。

「閉じ込め……られた？」

認めたくなかった事実を私が口にしてしまったのだろう。みんなの目が、私をじっと見つめてくる。

「いや、なんか冗談だよね」

日下さんが笑うように言うけれど、表情は違って見えた。うそだよね、誰かのいたずらだよね、そう唱えるように繰り返している姿に、どうしてか胸がぎゅうっと痛くなってくる。それはどうにもできない自分の情けなさからくるのか、現状への恐怖感が募っているのか、なんにせよ、自分勝手な気持ちを彼女の姿に重ねたものだった。

「意味がわかんねえよ」

荒っぽく言い捨てた村瀬くんが、教卓に添えられたパイプ椅子をつかんだ。なにを、という五十嵐くんの横をずんずん進んで、手にしたそれを振りかざす。

その先が予想できてしまって、反射的に目をつぶった。距離はあったものの、身がまえてしまう。

けれど予想していたような音はしなかった。

ゆっくりと目を開けると、村瀬くんの腕を霧崎くんがつかんで止めていた。ほっとしたせいか、あの状況を止めるなんて、霧崎くんはけっこう力があるんだなとか、どうでもいいことを考えてしまう。

「落ちつけ村瀬。まだ放課後のはずだ。教師なり生徒なり、誰かがいるだろう。最悪、戸締りのときには気づいてもらえるはずだ」

無言のまま止まっていたふたりの間に五十嵐くんが割って入る。彼のことばに気がそがれたのか、納得がいったのか、村瀬くんは「わかったよ」とちいさくつぶやいて、パイプ椅子を壁に立てかける。

「そっか、そうだよね。うん。大丈夫だよね、弥八子《みやこ》」

五十嵐くんのおかげか、教室の空気がすこし落ちついたところで、日下さんが私のもとへと駆け寄ってきた。

常日頃、笑顔ばかり見かける彼女の顔は強張っていた。いつもきれいに整えられている栗色の髪の毛も、だいぶ乱れてぼさぼさになってしまっている。

「大丈夫、だと思うよ」

根拠なんてなにもないけれど、当たり前のように答えてみた。不安を煽ったところでいいことはなにもないことぐらい、知っているから。

ほんとうは、私だって意味がわからないし、大丈夫かどうかわからなくて不安だ。だって私はさっきまでここにいなかったし、教室に閉じ込められるいわれもない。ドアひとつどころか窓も開かないなんておかしいに決まっている。

でもたしかに、まだ窓の外は明るかった。教室の時計を確認してみると五時半だ。冬ならまだしも、今の季節ならわりと多くの人間が残っているんじゃないだろうか。きっと廊下だって誰かが通って……。

「え？」

うっかり出てしまった声に日下さんが反応した。どうしたの、と聞かれて、慌ててなんでもないよ、と返す。彼女は納得がいっていないような表情だったけれど、大丈夫と念押ししてから何事もなかったかのように視線を窓の外へと向けた。

今のは、誰だった？　廊下側の窓からほんの一瞬だけ見えた人影。こちらを見ているような、ただ立っているだけのようなおぼろげな姿。

鼓動がはやくなる。口が渇いてきて、こめかみのあたりがじんじんしてきてしまう。それを悟られないようにとゆっくり息を吐いてみるものの、治まりそうにはなかった。私に、見えたのだ。ほからなぬ自分自身に。私が廊下に立ってこちらをうかがっていた。一瞬だったけれど、その姿は私にとてもよく似ていた、ような気がする。

でもそれはおかしい。考えなくたってわかる。もうひとりの私なんてホラーの世界の話だ。いくらこんな状況にいるからといって、そこまできたらさすがにおかしいだろう。

いやむしろ、こんな状況に置かれているからこそ、私に見えたのじゃないだろうか。もしかしたら不安感から別のものが、たとえば廊下の外を通った鳥の影とかが人間の姿に見えただけかもしれない。もっと単純に、誰かほかの生徒だったかもしれない。それならば、気づいたときに声を上げればよかったのだけれど。

もう一度考えてみる。そう。あれは、私、のはずがない。だって私はこちら側にいるのだから。そう強く思って、もう一度大きく息を吐く。私がもうひとりいるなんておかしい。私じゃない。

そう、大丈夫。自分に言い聞かせて、ふたたび深呼吸。窓の向こうに広がる青空に飛行機雲が見えて、すこしだけほっとした。なにも変わらない空が、きちんとある。屋上で見た空と一緒。飛行機雲はきれいなまま、クロスしている。

──一緒？

「ねえ、弥八子」

私の袖を日下さんがちいさく引っ張った。彼女のほうに向き直ると、不安というよりも若干怪訝そうな顔つきになっている。

「どうしたの」

私の問いに、彼女はおかしいよ、と言った。

「放課後だったらさ、もうちょっと音がしない？」

「音？」

「そう、音。声とか部活とかの」

あたりを見回しながら、日下さんがゆっくり窓に近づく。私もそれにならう。

「やっぱり……いつもの放課後なら、ここから野球部とサッカー部が見えるはずだよ、でも」

彼女が指差す先、グラウンドには、誰もいない。野球部やサッカー部どころか、ひとがまったく見あたらない。

「どういうこと?」

日下さんの声がちいさく震えていた。私にだってもちろんわからない。偶然かもしれないよ、と言おうとしたところで視線を感じた。

そっと目を動かせば、霧崎くんがこちらを見ていた。でも目が合ったのは一瞬。すぐにそらされて、彼は黒板の上を見上げてしまう。

そこにあるのはいつも私たちが見ているシンプルな時計。五時半、ちょうど。やっぱりこの時間ならば、まだ野球部やサッカー部はグラウンドで練習している時間だ。けれどもう一度外を確認してみても、人の姿はまったくない。

「あれ……なにか、変」

不意にちいさな違和感が生まれた。日下さんに聞き返されたものの、うまく答えることができない。なにもかもが不自然すぎて、そのちいさなものを見つけるのがむずかしい。もどかしくて自分が情けない。

「どうした、乾《いぬい》」

私たちの様子に疑問を抱いたのか、五十嵐くんがやってくる。やっぱりうまく説明できない私に代わって、日下さんがグラウンドに誰もいないことを伝えてくれた。

「なっ、マジかよ」

しかし先に反応したのは離れたところから聞いていた村瀬くんだった。窓にへばりつくようにして外を確認し出す。遅れて五十嵐くんも窓の外に視線を向ける。ちいさく、息をのみ込んだのが見て取れた。

「マジだ……車もいねえ」

そういえばそうだ。グラウンドの向こうに見える大きな道路は、いつもだったら車がひっきりなしに通っているような道だ。なのにその姿は一台も見えない。信号だけが、色を順番に変えている。

「僕たち以外に、誰もいないのか……？」

五十嵐くんのつぶやきは、教室の空気をふたたび不穏なものへと変化させるのに充分だった。

村瀬くんがはや足で廊下側へと移動する。もう一度開かないか試してから、耳を近づけていた。結果は聞かなくても表情でわかる。

「なんで」

それだけつぶやくように言った日下さんの顔が青ざめていた。

たしかに、なぜのひとことに尽きる。だって、閉じ込められる理由もわからなければ、私たち以外にひとがいないことの意味もわからない。そもそもどうして自分がこんな目に遭っているのか——。

私、私はもしかして、と思いあたる節はある。けれど彼らたちがみんな私と同じとは思えない。もっとも、クラスメイト、という範囲でしか彼らのことを知らないのだけれど。

「時計」

もはや遠慮することのない感情が充満した教室に、霧崎くんの声が、すっ、と通った。

「時計、進んでない」

すすんでない。

その意味を計りかねて黒板の上を見る。時計といえば、この教室にはひとつだけだ。

針は五時半をさしている。

五時半?　さっきも、五時半じゃなかっただろうか。

「壊れているのか」

五十嵐くんの問いに霧崎くんがすこしだけ首を傾げた。否定、だろうか。

「しばらく観察してみたけど、五時半から先に進まないみたいだ」

「どういう意味だ」

「五時三十分の次は、五時二十七分になる」

教室が静まり返った。ただでさえ無駄な音がなかったから、しん、と空気が凍りついたみたいで怖かった。けれどそれは、霧崎くんのことばが衝撃的だったというよりは、言っている意味がわからない、ということに対してみなが押し黙ったように私には思えた。

みんなの顔を見るように視線を動かしてから、彼はふたたび時計を見上げた。そしてその唇がゆっくりと動く。

「壊れたのかとも思ったが、そうじゃないみたいだ」

「壊れているわけではないと？」

五十嵐くんの疑問に、霧崎くんがうなずいた。

「自分のも、同じ」

そう言って霧崎くんは自分の左腕を見る。革ベルトの腕時計がしてあった。私も自分の腕時計を確認してみる。五時二十九分。

みんなも同じように、めいめい腕時計やスマートフォンを確認している。そして迎えた五時三十分。教室全体が、息をのんだ、気がした。

「なあ、これ、夢だよな」

スマートフォンを握りしめたまま、村瀬くんが言った。夢であってくれと願うように、強く同意を求めてくる。けれど誰もそれには応えない。

ただでさえ不可思議なことばかりなのに、追い打ちというよりもとどめを刺された気分だった。時間がくり返している、なんて信じられるわけがない。

「おかしいだろ、なんで教室に閉じ込められてんだよ俺ら」

村瀬くんの声がすこしずつ怒気《どき》をはらんでゆく。握りしめられていたスマートフォンが、大きく振りかぶられて床へと叩きつけられた。

「村瀬、物に当たるな」

「なんで電波もねえんだよ」

そうか、電話なりネットなりできればまだよかったのだ、といまさらながらに気がついて、スカートのポケットに入れていたスマートフォンを取り出す。電波がなくても役に立つことはありそうだけれど、そういう問題ではない。

結果はわかっていたけれど、ホームボタンを押してみた。明るく光る、いつもの画面。

えっ、とまたしてもうっかり声が出てしまい、あわててスマートフォンをポケットへと押し込んだ。周りに気づかれていないかさりげなく見回して、またしても霧崎くんと目が合ってしまう。

今度はすぐにそらされることはなく、数拍おいてようやく視線が別へと向いた。怖くて私のほうからは外せなかった。胸がはや鐘を打つ。

私のには、電波が入っていた。電波はとても微弱だったけれど、たしかに私のスマートフォンは外の世界に通じていた。

どういうことだろう。もしかしたら村瀬くんのスマートフォンの調子がたまたま悪いだけなのだろうか。でもそれならば五十嵐くんあたりは誰かに連絡を取ろうとすぐ行動に移しそうだ。彼がとても頭がよいことぐらい、私でも気づいている。けれどそんな気配は感じられない。腕時計を見たあと、彼はスマートフォンを確認していたし、日下さんも霧崎くんも手に持っていたのを私は見ていた。ということはやはり、彼らのスマートフォンにも電波は入っていない。私のだけが、通じている。

ぞわりと、背中をなにかが這うような感覚が私を襲う。


そう、それに五時半といえば――。

身震いしそうになったとき、隣に立っていた日下さんが急にしゃがみこんだ。どうしたのだろうと屈んで様子をうかがうと、呼吸がおかしい。涙目になって必死に喘いでいる。私にも覚えがある過呼吸だ。

「日下さん、大丈夫、落ちついて」

そうは声をかけてみても、気休め程度なのは知っていた。でもあいにく役に立ちそうなものは何も持っていなかった。

「過呼吸、か」

異変に気づいてくれたのか、霧崎くんが私たちのほうに近寄ってくる。彼にうなずいて見せると「なにか袋が必要だな」と返ってきた。私はもう一度うなずいて、あたりを探す。そして、ふと気がつく。

この教室には、なにもない。

いや、たしかに黒板消しとかゴミ箱とか、デフォルトで教室に設えてあるものは存在している。でもいつもならあるはずの、私たちの鞄や教科書なんかはどこにもない。生活感がまるでないのだ。

そんな場所にビニール袋なんて、と思っていたら、スカートに違和感があることに気がついた。ひとつだけあるポケットにはスマートフォンしか入っていなかったはずなのに、カサカサと乾いた音がする。

おそるおそる手を入れてそれを取り出すと、スーパーなどのサッカー台に置いてある、透明のビニール袋だった。

どうして、と思わずにはいられなかったけれど、それよりも日下さんのことをなんとかせねばならない。

ビニール袋の口を開いて渡すと、彼女もわかっているのか、口にあてて意識的にゆっくり呼吸をしはじめた。

その背中をさすりながら、突然現れたビニール袋について考えてみる。物が突然出てくるなんてありえないだろう。しかもそれは私が探しているものだった。ということは、どういうことか。欲しいと思ったものは、手に入る。だとしたら……。

試しにもう一度なにかを欲してみようか、と思って、やめた。もし本当にそうだったときが怖かった。

しばらく教室に沈黙が続いた。日下さんが落ちつくまでは誰も積極的に喋ろうとはしなかった。やがて、彼女はビニール袋を口から外して立ち上がり、涙目をこすりながら笑顔を見せた。

「ごめんごめん、急に苦しくなっちゃって。でももう平気」

さっきまでとは真逆の表情に、彼女なりの気遣いを感じた。この状況下で笑顔を作れるのは強いなあと素直に感心してしまう。

「無理、しないでね」

そう伝えると、ありがとうとやわらかい笑みが返ってくる。ちょっと、うらやましい。きれいな、笑顔。

「乾」

日下さんの笑顔に、くやしさにも近い憧れを覚えていると名前を呼ばれた。振り返ると霧崎くんが立っている。

「これ、落とした」

そう言われて出された手を見る。そこには私のスマートフォンが乗せられていた。

「えっ……あ、ありがとう」

まったく気づかなかった。さっきビニール袋を取り出したときに落ちたのだろうか。シンプルなストライプ柄のカバーをつけたそれは間違いなく私のものだ。

彼の手にあるスマートフォンの画面が暗いままなのを確認して、ゆっくりと受け取った。

指先同士が一瞬触れて、びくっとしてしまう。電波のことを知られただろうか、そう不安になるけれど、あいにく勝手にひとのスマートフォンを見るようなひとか否か判断できるほど、霧崎くんのことを知らなかった。私の手が震えたことを彼は気に留めていないようだった。

「話を進めていいだろうか」

皮肉にも日下さんの過呼吸で落ちつきを取り戻した雰囲気の教室に、五十嵐くんの声が響いた。誰もうなずきはしなかったけれど、拒否もしなかった。みんな、成り行きを見守るぐらいしかできないのかもしれない。

「現状、わかっていることはこうだ。ひとつ、僕たちは教室に閉じ込められた」

人さし指を一本立てて、ゆっくりと五十嵐くんが言う。学級委員長らしいなと思って、むしろだからこそ、こうして発言してくれるのかもしれないと気づく。

「ふたつ、どうやら僕たち以外の人間はいないらしい」

一瞬、あの人影を思い出す。言おうかどうか迷ったけれど、見間違いかもしれないし、なにより自分に見えただなんて、言えやしなかった。他の三人もなにも口にしないから、私もそれにならう。

「みっつ、この空間は五時二十七分から五時三十分を繰り返しているらしい」

指が三本、立てられる。

「そういえば日付はどうなっている」

五十嵐くんの問いに、村瀬くんが拾い上げていたスマートフォンを確認する。

「七月四日……今日、だよな」

たしかに、私が覚えている〝今日〟だった。それは私の誕生日で、私が飛び降りた日。時間も、そう、五時半だった。

つまり、私が飛び降りる三分前を、この教室は繰り返している。

ひとつひとつの欠片が、つながってゆく気がした。

「なんで、その三分間を繰り返してるんだろう」

日下さんの疑問に、私の胸がどくんと鳴った。平静を装わねば、とさりげなく深呼吸をする。違う、私は関係ない。そう思い込んで、頑なに否定する。だって、私はただ勝手に死にたかっただけだ。

「三分っつったらほら、ヒーローが戦える時間だな」

唐突な村瀬くんのことばに、日下さんがため息をついた。

「は、あんたこの状況でなに、馬鹿なの、夢見がちなの」

「馬鹿で悪かったな。思いついたから言っただけだよ」

「冗談は顔だけにしといてよ、皐次郎」

「うわー、お前に言われたくねー」

「うるさいわね、第一あんたの回答じゃ繰り返していることに答えてないでしょ」

ふたりのやりとりは、普段ならばなごやかな雰囲気を生んだのだろうけれど、さすがに今は無理みたいだった。むなしい空気が充満する。

もっとも、こんな状況下で笑っていられる人なんてそうはいないだろう。それに、と考えて、私は五十嵐くんと霧崎くんを見る。

「誰か助けにきてくれるのなら、ありがたいのだが」

五十嵐くんの声に明るさは含まれていなかった。霧崎くんにいたっては、ふたりの会話を聞いていたかどうかすらあやしく見えた。

こんなメンバーじゃしかたがないかもしれない。もちろん、私もそこには含まれている。事実、今の私はなるべく普通でいることにしか意識が回らない。

冗談はさておき、と五十嵐くんが切り出した。

「この状況、どう考える」

そう五十嵐くんがみなに聞く。

「どうって、現実じゃねえって、思いたいよな」

「そうだよ、ね。だっておかしいじゃん、こんなこと普通ありえないって」

村瀬くんと日下さんがうなずき合う。普段からふたりの仲が悪くないのは知っていたけれど、結構気さくに付き合っている間柄のようだ。それにうらやましさを感じつつ、霧崎くんを確認すると、窓の外を見ていた。

なにかあるのだろうか、と私も視線を動かすも、そこには馴染みある景色が広がっているだけだ。いつもとは、大きく違っているのだけれど。

「乾、お前はどうだ」

よく晴れた青い空にいいようのないかなしみを覚えたとき、五十嵐くんが私の名を呼んだ。どうって、と言い淀みながら、スカートのポケットにしまったスマートフォンを握りしめる。

持っていなかったはずのビニール袋が入っていたポケット。おそらく唯一電波の入っている、スマートフォン。

「夢、であって欲しいと、思うよ」

それは間違いなく本心だった。つながりはじめた現実の欠片が、私をどんどんと追いつめてゆく。

「どういう意味だ」

みんなと一緒の、当たり障りのない回答をしたつもりだった。ところが五十嵐くんが私にだけ、追加の質問を投げてくる。

「どういう、って」

「夢であって欲しい、とはどういうことかと聞いている」

「え、えーと、村瀬くんと一緒で現実じゃないといいなって」

「あって欲しい、ということはそうじゃないことを知っているか、夢であること、すなわち現実ではないことを否定しているように聞こえるんだが」

どうしてそこまで言われなきゃいけないんだろうという気持ちと、なにを言っても突っ込まれそうな気がして、うつむくことしかできなくなってしまった。情けない。

どう答えるのが模範的だったのだろう。それとも、五十嵐くんはなにか気づいているのだろうか。私のなにかを知っている、もしくは疑っているのだろうか。

そう思ったら、怖くなってもうなにも言えなかった。認めたくない気持ちもあったから、口にしたくなかった。

「そういう五十嵐は」

不意に霧崎くんが口を開いた。押し黙った私を厳しい視線で見ていた五十嵐くんだけど、彼の問いをきっかけに視線を外してくれる。

「もちろん夢かなにかであればありがたいし、いいと思っている。だがこの教室にくる直前の僕の記憶は、放課後の美術室だ。そこから、気がついたらここにいた」

みんなはどうだ、と答えをうながされる。

「私は友だちと別の教室にいたよ」

「俺は部活、走ってた」

村瀬くんと日下さんは即座に答えた。だから自然とみんなの目線が私のほうへとやってくる。乾は？　言われなくてもそこには順番がある。答えるのが当然の流れ。

「私は……」

でも、答えたくない。答えられない。死のうとして屋上から飛び降りました、なんて言えるわけがない。

「俺と乾は屋上にいた」

なんて嘘をついたらいいんだろう。もしうまくいったとしても、私を見ていた霧崎くんはなんて答えるだろう。そう迷っている間に、霧崎くんが答えてしまった。思わず、彼を凝視する。

「屋上？　なんでまたそんなところに」

案の定不思議がられる雰囲気に、私の胸が一気につまる。どうしよう、そうは思えど頭も口も動かない。

「……言わなきゃ駄目か？」

もう駄目かもしれない、と目をつぶったと同時に彼の口から聞こえてきたことばの意味が、すぐに理解できなかった。顔を上げて霧崎くんを見ても、いつもとなにも変わらなかった。長めの前髪が、目もとに影を作っているせいで、うまく表情が読みとれない。

数拍遅れて、静かな教室に日下さんのちいさな感嘆の声が響く。

「は、なに、どういうこと」

「馬鹿、皐次郎、みなまで言わせんなってやつよ」

「あ？　意味わかんねえんだけど」

にやりと楽しそうな笑みを浮かべた日下さんが私と霧崎くんを交互に見てきた。ちょっと意外だったなあ、なんてひとりごとのように言っている。

そこでようやく、妙な勘違いが生まれていることに気がついた。彼女はきっと、私と霧崎くんが意図的にふたりで屋上にいたと思っているのだ。しかもたぶん男女の問題とからめている。しかし事実と異なるとはいえ、訂正すらできない。

どうしてそんなふうに、と霧崎くんをもう一度見たけれど、彼のたたずまいはまったく変わっていなかった。にやにやしている日下さんを前にしても、どうってことなさそうに、その好奇心を受け流している。

「まあ、いい」

五十嵐くんがあっさりこの空気を切り捨てた。

勘違いは困るけれど、かといって真実も言えない。そこに迷いはあるけれど、霧崎くんの態度に甘えて先に進むのが一番無難には思えてしまった。この状況で、好きとかきらいとか、困るとかいやだとかは二の次だ。駄目すぎる、私。

「とりあえず、各々ちゃんと直前の記憶を持っていることがわかった。まあだいたい、時間も一緒だろう。通常、夢の中でこんなことがあるか？」

淡々と言う五十嵐くんの話がいまいち頭に入ってこない。その様子を日下さんに見られてにっこり微笑まれてしまった。日下さんがいわゆる恋バナってやつを好んでいることぐらい、仲がよくなくても知っていた。

「まあ起きてるときから続いている夢ってのは見たことないかもなあ」

そういう話題に興味がないように見える村瀬くんは、ちゃんと五十嵐くんの話に相槌を打っている。霧崎くんは、と思って彼のほうを向くのをやめた。

やっぱり、彼は見ていたんだろうか。私の、あのときを。そのうえで今のように言ってくれたのは、やさしさなんだろうか。

「絶対にとは言い切れないし、それだけが理由ではないが、それでも僕はこれが夢だとは思いにくい」

わからない。それにそんなやさしさ、いまさら欲しくないと思う自分がいる。みんなには知られたくなかったくせに、わがままだ、私。

「しかしこれが夢だろうが現実だろうが、やることは一緒だと思う」

わがままで、情けなくて、なにかやろうとも思えなくて、どうしようもない。こんな自分、ほんとうに、きらい。

「やることって、なに？」

日下さんの問いに、五十嵐くんが当然だろうという表情で言った。

「この教室から、脱出することだ」

脱出、そのことばにどこか気持ち悪さを覚える。

けれど、村瀬くんと日下さんは納得、といったようにうなずき合っていた。私だけが、異物みたいに浮いている。

いや、私だけじゃない。

霧崎くんと目が合った。感情は読み取れない。すぐにそらされることもなく、なにか言われることもなく、ただじっと私を見ている。そして私もその視線を外せない。

私はたしかに、屋上から飛び降りた。七月四日の五時半、自分の意思で死ぬことにした。だけど今私はここにいて、息をしている。飛び降りる前までと同じ、きらいな自分を持ったまま、この出られない教室に立っている。

これがどういうことなのか。どうして彼らと一緒なのか。いいことなのか悪いことなのか。

私にはまだ、わからない。

3. わからない。

窓の外の景色が、変わることはなかった。

空は相変わらず青いまま。雲が形を変えることもない。教室に差し込む光の量も同じ。なにも変わらない教室で、さまざまな変化を見せるのは私たちだけ。

脱出しよう、そのことばに少なくとも村瀬くんと日下さんは合意し、前向きになったんだと思う。不安や焦りが完全に消えたわけではないだろうけれど、先ほどまでのいら立ちはもう見えない。やることが見つかるというのは、強い。

私は、どうだろう。

たしかに、この状況に置かれたら、教室を出る、という目的を持つかもしれない。私たち以外の人間の存在を感じられないのならば、自分たちでなんとかするしかない。それは、頭では理解できている。

でもどうしてか、胸につかえが生まれる。五十嵐くんの提案も、村瀬くんと日下さんの同意も間違っていないはずだ。こんなわけのわからない状況からどうにかして帰ろうと思うのは、本能だと思う。

なのになぜ、私はそれを手放しで受け入れられないのか。

その答えを誰かに聞いたって返ってこないだろう。霧崎くんだけはどう思っているのか読み取れないけれど、彼と普段からよく接していたわけではないから当然だ。お互いのことはほとんど知らないに等しい。さっきは、ちょっとだけ〝もしかしたら〟と思ったけれど、だからといって私のこの気持ち悪さの共感を求めるのはちょっと違う気がした。

「でも脱出って言ってもよ、ドアも窓もびくともしねぇよ」

打って変わって、若干の余裕を感じさせる動きで、村瀬くんが椅子にどっかりと座った。単純、ということばは悪いけれど、彼はとても素直なのかもしれない。

その動作を見ながら五十嵐くんははっきりわかるようにため息をついた。なにをいまさら、といった感じだ。その表情に村瀬くんが悪かったな、と口を尖らせる。

「物理的に解決できないのならば、こうなった原因を探るのがいいと思うんだが」

「こうなった原因？」

日下さんは自分の席に座っていた。

とりあえず成り行きを見守るような形になった私も、手近な椅子に腰を下ろす。自分の席はちょっと遠い。

「理由なく閉じ込められたとは考えにくい」

「でもよく映画とかにあるじゃん。理不尽に連れてこられて閉じ込められちゃうやつ」

「その場合は状況を作った首謀者がいるだろう。そしてその意図が見える。たとえば殺し合いを命じられたり、罠が仕掛けられた道を進んだり」

殺し合い――私たちには縁遠いと思っている単語に、ちいさく身震いしてしまう。

日下さんも同じなのか、ちょっとやめてよ、と顔をしかめた。

「だが今ここに首謀者の意思は感じられない。もちろんこれから先どうなるかはわからないが……とりあえず現状で原因が外側ないならば、まずは内側にあると考えていいのではないかと思う」

内側ってなんだよ、という村瀬くんの声がすこし冷たくなっていた。五十嵐くんの言いたいことを、なんとなくわかっているのかもしれない。

「僕たちの誰か、あるいは全員」

それでも五十嵐くんは臆することなく自分の意見を言う。堂々とした態度はうらやましいぐらいだ。敵は、たくさん作りそうだけれども。

「ってなんだよ、俺らが悪いって言うのかよ」

「悪いとは言っていない、原因だ」

「言ってるも同じだろうがよ」

「ちょっと皐次郎、落ちつきなよ」

自分の意思を曲げないのは強いけれど、そうした姿勢をつらぬくのは簡単ではないだろうなと見ながら思う。そしてすっかり観客気分になっている自分に気がついた。

「まずほら、先にはっきりさせようよ」

村瀬くんをなだめた日下さんが、よく通る声で言った。

「こうなった原因が誰かにあったとしても、私たちはそれを責めないって」

それは、事前に結ぶ脅迫に似た協定だった。悪気のまったく感じられない顔に、私はさびしさともかなしさともいえる感情を覚えてしまった。


正直に言って、怒らないから。


そのひとことが真実になるケースはどれぐらいなのだろう。私の中では、その可能性はかなり低い。すくなくとも、私の家族の中には存在しない。

「なんで責めないって言い切れんだよ」

私と似た気持ちなのか、単純にその考えが不快なのか、村瀬くんが眉をひそめた。

「だってそのほうがいいじゃん」

「いやそりゃ、責めずに済むんなら平和だろうけどよ、文句言う権利もないわけ？」

「文句言う権利ってなによ。私はただ、うまく進むようにって」

「それってただのプレッシャーだろ。押しつけ。私は許すから素直に罪を認めて告白してね、っていう」

「それのどこが」

「許される残酷さ、ってわかんねえか」

「は、なに、どういう」

「まあ、第一そういうやってたいがい文句言うしな、あとから」

一瞬、村瀬くんの顔が翳《かげ》った、気がした。でもすぐにもとどおり、素直に感情の出る顔になっている。

「ふたりとも落ちつけ。とりあえずそこはいいだろう」

間を取りなすのはやっぱり五十嵐くんだった。霧崎くんは興味がないらしく、机に腰かけたまま窓の向こうを見ている。

「僕も罪とは言っていない、あくまで原因だ。村瀬も日下も勘違いしないでくれ。悪いわけでも罪でもない」

そこで五十嵐くんの視線が霧崎くんをとらえた。けれども霧崎くんの顔はそれに応えない。

「意識的にこんな状況が作り出せる人間がいたなら、それはもう超能力者か神だ」

超能力者か、神。五十嵐くんのことばにみなが押し黙った。納得、したのだろうか。

私にはちょっとわからない。超能力とか神とか、信じているか否か人それぞれだろう。

たしかに、意識してこの五人を教室に閉じ込めようとした人間がいたら、すごい。

願いごとがかなうのとはわけが違う。閉じ込めるだけじゃない、時間まで操っている。

でも彼のことばはつまり、無意識に私たちの誰かがこの状況を引き起こした、ということではないか。

無意識ならばできるのか。そしてできたとしても、その原因をつかむことはすごくむずかしいのではないか。意識の外にあるものを、実感するのは容易くない。

そこまで考えて、頭が違うと否定した。私はこんなことを願っていない。でも、日付と時間は私に関係がないとは言いきれない。

つまりそういうなにかしらの接点を探していこうと五十嵐くんは言いたいのだろう。みんなにも相応のものがなければ、私はとても、あやしい。

「とりあえず現状の目的は、ここを脱出する、という一点にしておかないか」

着実に話を前に進めてくれる五十嵐くんに、誰も文句はないようだった。

私は、自分がどうしたいかなんてわからなくて、ただこの状況が私とは無関係であってくれと願うばかりだ。みなにならってうなずくことにしておく。

「霧崎も、それでいいか」

ただひとり、返事のなかった霧崎くんに、五十嵐くんが問う。

「……ああ、それがいい」

一拍おいて、霧崎くんも同意する。

ただその一拍の間に、ちょっとだけこっちを見たような気がした。ただ単に自意識過剰になっているだけなのかもしれないけれど、なにか確認するような素振りに感じた。一体、なんだというのだろうか。わからない。

みんなの意見が一致を見せ、同じ方向を向くことになった。

まとめ役はこのまま五十嵐くんがやるのだろう。学級委員長だし、適役に思える。誰もそのことに関しては文句を言わない。

「でも原因を探すって言ってもよ」

ミステリーだな、とふざけた村瀬くんだったけれど笑い声はない。空振りに終わった自分の道化に、彼は天井を仰ぐ。

「あ、ミステリーと言えば」

その代わり日下さんがなにかを思い出したかのように手を叩いた。

「昔こういう小説読んだことあるわ」

「小説？」

「そうそう。洋館みたいな建物に突然十人ぐらい閉じ込められるの」

よくあるミステリーだなあ、と思っていたら五十嵐くんが同じ突っ込みをしていた。

「いや、その小説は時間が止まってるんだよね。ほかにもこう、誰かの記憶のシーンが目の前で展開されたりして、現実ではないなってみんな気づくの」

ふうん、と村瀬くんが相槌を打った。でもその仕草とは裏腹に、とても興味なさそうに、あくびをしている。

「で、まあ結論は、その閉じ込められたひとの中に、殺されちゃった人と殺した犯人がいたんだよね。それで殺されちゃった人は犯人を見つけて欲しかったと」

「だから、殺された被害者がそういう空間を作ったと？」

五十嵐くんが尋ねると、日下さんはそうそうとうなずいた。ファンタジーな設定だけどね、とつけくわえられる。

たしかに、非現実的な話なんだろうけれども、今実際に体験している身としては、どう反応していいのかわからない。

「その線はありえる、か」

それがなに、と言わんばかりの村瀬くんと違って、五十嵐くんはヒントを得たようにうなずいていた。日下さんも、まあありえなくないよね、と同意している。

「その線、ってなんだよ」

村瀬くんがちょっと不機嫌そうな表情を浮かべていた。あまりいい意味ではないことは悟ったみたいだ。

「この五人のうちの誰かが、なにか解決して欲しい問題を抱えている、ということだ」

私も言いたいことはなんとなく理解していた。

そもそもこういう状況に私たちのうちの誰かがしたのならば、なにかしらの願いはあるはずだ。問題を解決、と五十嵐くんは言ったけれど、願いをかなえるのも本質的には一緒だろう。

「解決して欲しい問題って……そんなの、あるやついるか?」

村瀬くんは直球だった。五十嵐くんと日下さんは首を振る。

私だって、この答えはノーだ。解決して欲しいなんて思っていない。

「そりゃ悩みがないって言ったら嘘になるけど、このメンバーに解決して欲しいかといえば」

正直な村瀬くんにつられたのか、日下さんも遠慮することなくはっきりと言った。

そして誰もそれで気を悪くすることはない。普段、ほとんど交流がないに等しいのだから。みんな結構、ドライだ。

「というかそもそも、こうまでして解決して欲しい問題があるかと問われると、思い当たらないな」

五十嵐くんの意見に、私もうなずいた。だよなあと村瀬くんも腕を組む。みんなを閉じ込めるなんて相当だろう。

「霧崎は?」

反応がいまいちなかった霧崎くんに、村瀬くんが聞く。普段ふたりが会話しているところは見たことがないから、ちょっと新鮮というか違和感があった。でも当の本人たちはこれといって意識することでもないらしい。

「問題はまあ……ないな」

妙な間が空いたな、と私は思ったけれど、みんなには気にならない程度のようだ。

ふうん、ぐらいで終わってしまった。まあたしかに、彼の雰囲気からしたらそれが当たり前の喋り方なのかもしれない。

駄目じゃん、と村瀬くんが言うものの、五十嵐くんは答えにさほど期待はしていなかったとしれっと言い出した。

「抱えてる問題を素直に吐露できるなら、こうなる前に助けを求めているだろう」

至極、もっともだと思った。自分の悩みを、つらさを、助けて欲しい気持ちを他人に言えるなら、そのひとはこんな状況を作り出すほど追いつめられないだろう。

そういう点では、私はきっととてもあやしい。でも私は、助けて欲しいなんて、願ってはいなかった。だから私ではない、と自分のことを信じたい。

「じゃあなんで聞いたんだよ」

「聞いたのは村瀬だろう」

「え、あ、俺か」

こういう普段ならちょっと笑えるようなやりとりも、今は笑う気持ちになれなかった。それがさみしいし、自分の余裕のなさが情けない。

打開策になるか、と思われた原因探しもすぐには結果が得られなかった。

きっと五十嵐くんの言う〝その線〟は関係あるかもしれないけれど、すぐには出てこないものでもあるんだろう。もしそれが一番の原因、というか理由ならばなおさらだ。

そして、それはきっととても厄介だ。

「たとえば、今日の日付かこの時間に思い浮かぶことがあるやつはいるか」

しばらくの無言の間があってから、五十嵐くんが切り出した。

アプローチとしては妥当というか、それぐらいしかなくなってくるけれど、私としては一番いやな質問でもあった。

だから、周りの反応をまずうかがってしまう。

「うーん……七月四日ねえ」

「あ、たしかアメリカの独立記念日じゃね？」

「村瀬がそれを覚えているのが意外だが、まあ、関係はないだろうな」

「ほんと、意外」という日下さんのことばを最後に三人が沈黙してしまう。

なにも、それ以上出てこなさそうだった。この中で私が誕生日だ、なんて言ったらどうなるだろう。

ふと、視線を感じて廊下を見る。まさかまた、とあの人影を疑ったけれど、誰もいなかった。ちょっと過敏になっているのかもしれない。

気にしないようにしよう、と窓のほうを向くと、スマートフォンを握りしめている霧崎くんが目に入る。ただすぐに、私が見ていることに気づいたらしい。それを制服のポケットの中に隠すようにしまった。

「霧崎と乾は」

どうかしたの、と彼に聞こうか迷っている間に、五十嵐くんが私たちを会話に引き入れてきた。また順番だ、どうするのがよいのか迷う。

「俺は……別に」

霧崎くんはあっさり答えてしまった。

残すは私だけ。ここでなにもない、と答えてしまっていいのだろうか。四人の視線を感じながら、必死に一番じょうずな答えを探す。嘘をついてあとでばれるほうが、原因とは無関係だとしても心証がよくないだろう。嘘を通せるほど、うまく口も回らない、自信がない。かといって本当のことを言ってみんなから責め立てられたくもない。

どうしよう、と焦る気持ちが出てきたとき、急にポケットの中身が震えた。予想だにしなかったことに、慌ててスカートの上から押さえてしまう。

「どうかしたか」

顔に出たのか、動作を疑問に思われたのか、五十嵐くんが私に問う。どうしてこんなときに、と思わずにはいられない。けれど、そのおかげで私の中でゆらゆらと不安定なバランスを取ってゆれていた迷いの天秤は一気に傾いた。

「うん、あのね、今日……誕生日」

「誕生日？　弥八子の？」

「……そう、私の」

私の告白に、村瀬くんの椅子ががたっと音をたてた。その口から出てくることばはなんだろうと身がまえたけれど、先に五十嵐くんが彼を制止してくれた。

「時間は」

とても冷静な声で、私に続きをうながす。

「繰り返す三分、もしくはこの時間に、なにか覚えはあるか」

「……ううん、時間は、わからない」

日付は言う、でも時間は言わない。これが私の選択だった。

スマートフォンが震えたとき、全部嘘をつき通そうとするより、一部真実を伝えて嘘を隠そうと思った。電波が入っていることを知られたくなくて思いついたことだった。何が一番いけない真実か、その順位がすぐに決まる。

私の答えに、五十嵐くんはそうかと静かにうなずいた。村瀬くんは私になにか言いたそうな表情だったけれど、日下さんが彼の足を蹴る、という方法で私を守っていてくれた。

「注視すべきは、日付か、時間か……」

「日付より、時間じゃないか」

五十嵐くんのひとりごとに反応したのは、霧崎くんだった。無関心そうだった彼のことばに、みなの視線が動く。

「だって、今日、だろう」

注目を集めても、霧崎くんのたたずまいに変化はなかった。まるで彼だけ別世界にいるみたいだな、と思ってしまう。どこか悠然としていて、幽霊みたいに実体が感じられない。どうしてあそこまで落ち着いていられるのだろう。

「ああ、なるほど、たしかに今日だな」

霧崎くんの答えに五十嵐くんは納得の表情を見せたけれど、私にはぱっとしなかった。

村瀬くんと日下さんも同じみたいだ。

「たとえば、日下の読んだ小説のような設定だったとして」

私たちの理解の遅さに気づいてくれた五十嵐くんが説明してくれる。

「日付が重要な要素だったとすると、今つまり閉じ込められている日時は過去だったりしないか」

「たしかに、小説では問題となるのは殺された日で、登場人物は過去に戻されてたかも」

だろう、と五十嵐くんが続ける。

「だが僕たちの最後の記憶と、今ここの日付は一致している。単純に今日が続いているならば、関連があるのは日付ではなく、繰り返すという時間ではないかと霧崎は言いたいわけだ」

「ああ、なるほど」

「だが、日付の線が完全に消えたわけではないな」

五十嵐くんが霧崎くんを確認した。

霧崎くんもまあ、と曖昧な答えを返す。

たしかに特別な日ではない、今日だからといって無関係とはいえないんだろう。今日なにかが起こって、そのままここにつながった、だけかもしれない。


たとえば、屋上から飛び降りた、とか。

やはり、一番あやしいのは私なのだろうか。

超能力者でも神でもなんでもない。だけどもし無意識に起こしていたら。いや、無意識とはいえ、なにをどうしたくて、こうしたのか、やっぱり自分でもさっぱりわからない。私に希望なんてなかった。

「乾」

名前を呼ばれる。顔を上げると霧崎くんがこちらを見ていた。その表情は、相変わらずわからない。

「大丈夫か」

ただ、もしかしたらとても端正な顔立ちのせいなのかもしれない、と思った。

大丈夫、とうなずきながら、そういえば入学当時、女子の間ですこし話題になっていたなあ、と思い出す。すぐに無愛想だと言われるようになった気もするけれど、単純に整いすぎていて表情がわかりにくいだけなのかもしれない。

「なら、いい」

それだけ言われて、視線は外れた。なにに対しての大丈夫、だったのだろうか。わからなくてすこし怖い。

霧崎くんはポケットに両手を突っ込んで、また窓の外を向く。

いったい、外になにがあるのだろう、と思うけれど、なにげなく景色を眺めるくせは私にもあるから、彼もそういうタイプなのかもしれないなと思うことにした。ポケットにしまわれた彼の手の腕時計は、五時半をさしている。

ポケット、で今度は自分のスマートフォンを思い出した。先ほど震えたのはなんだったのだろう、と取り出してみる。見ているぐらいじゃさほどあやしくはないだろうと判断して、さりげなくホームボタンを押す。

メッセージのアイコンに、通知が来ていた。どうして、と、誰から、という思いが同時に気味の悪さを生んだけれど、読まなければその気持ちが続くだけだと勇気を出してアイコンに触れる。表示される相手が、誰だかわからない。


『たすけて』


鳥肌がたった。恐怖ではない、でもなにか負の感情が背中を上ってくる。知らない相手からメッセージが来ること自体が不思議で気持ち悪いのに、よりによってこんなひとことだけ。

誰が、と顔を上げる。五十嵐くん、村瀬くん、日下さんの三人は時間が繰り返すことについて話しているようで、携帯電話かスマートフォンを触ったような様子はなかった。それに三人と連絡先は交換していない。電波だって入っていないようだった。

じゃあ霧崎くん、と彼を見ると、また目が合った。慌てて、私がそらしてしまう。

手もとの操作を見られていただろうか。そういえばさっき彼が私のスマートフォンを拾ってくれた。彼の連絡先だって私は知らないけれど、そのときに……？　いやロックがかかってたはずだ。解けるとは思えない。でも通知が来た直前、彼は自分のスマートフォンを触っていたような気もする……。

繰り返す〝否定〟に頭が混乱してきてしまった。なにが正しい情報で、どれが間違った記憶なのかがわからなくなりそうだ。

「弥八子、みーやーこ！」

「えっ、あ、はい」

名前を呼ばれていることにまったく気がついていなかった。日下さんの顔を見ると「やっと気づいた」と笑われる。私は不自然にならないようにゆっくりとスマートフォンをポケットにしまった。

「どうしたの、ぼーっとして」

日下さんの視線は私の手を追っていた。なにか言われるかなと、かまえたけれど、とくになにもない。

「うん、ごめん、考えごと、してた」

そこは嘘じゃないから、淀みなく言えたと思う。みんなにそれ以上突っ込まれることもなかった。

「現状、唯一の情報が乾の誕生日だけだ」

その代わり、五十嵐くんが落ちついた声で現実を教えてくれる。

「あくまで現時点で、ということは念頭において欲しい。だがほかに情報がない」

きちんとことわりを入れるのは、五十嵐くんらしいのかもな、と思ってしまった。

無駄な争いを生まないためのやさしさなのかもしれないけれど、続きのことばは、なんとなく予測できた。

「すまないが乾、すこし質問をさせてくれないか」

さっきの日下さんと一緒。〝すまない〟は一種の脅迫だ。本人にはその自覚がないのかもしれない。ほんとうに素直に悪いと思っているだけかもしれない。

だからこそ、私はそれを否定できない。

村瀬くんも日下さんも口をはさんだりはしなかった。きっと私がもやもやしている間に話していたのだろう。そこは参加しなかった私が文句を言えるところではない。

だって彼らは、ここから出たいのだから。……彼らは。


——私は？

答えはひとつしかないのに、素直に「はい」と言えない。

「なんで乾ひとりなんだ」

私が返事をする前に、霧崎くんが口を開いた。意外な展開にびっくりして彼を確認する。さっきと変わらず、ポケットに両手を突っ込んだまま、五十嵐くんたちを見ていた。

「なぜ、とは」

「今日が乾の誕生日なのはわかった。ほかに関係ありそうなことが出てこないのもわかる」

ただほんのすこし、霧崎くんの声のトーンが違って聞こえた。けしてやさしさではない感情。

「だからといって、乾ひとりに質問しなくても、みんなに同じことを聞いたらいいだろう」

その雰囲気を読み取ったのか、五十嵐くんの目が鋭さを増す。

「一番はやい方法を模索するのも駄目だと霧崎は言いたいのか」

「なにがはやくてなにが遠回りか、五十嵐はわかるのか」

「わからないからどうにかしようとしているんだろう」

「その結果、誰かが傷つくのはかまわないのか」

お互いに態度は冷静に見えるのに、だんだんと口調が激しくなってきていた。ちょっとふたりとも、と日下さんが口をはさむものの、ふたりの会話を本気で止めようとしているわけではなさそうだ。きっと彼女も五十嵐くんの意見に賛成なのだろう。

五十嵐くんのため息が聞こえた。

「誰も傷つけずに生きていけると思っているのなら、ずいぶんと能天気だと思うぞ、霧崎」

つめたいひとことだと思った。

世の中には頭で理解していても、心が追いつかないことが多々ある。それをそんなふうに切り捨てるのは、あんまりじゃないだろうか。

「五十嵐、お前言いすぎだって」

村瀬くんが立ち上がってふたりの間に入った。さすがに、と思ったのかもしれない。

「霧崎、お前もすこしヒートアップしすぎだっつの。俺らケンカしたいわけじゃねえって」

日下さんも村瀬くんに続いて、間を取りなしていた。

そんな四人を私はただ見ているだけで、どうしたらいいのかわからなくて、あまりの無力さにこころからいやになる。

「それでも俺は」

そんな中、霧崎くんがずいぶんとちいさな声で言った。

「誰も傷つけずに生きていけるなら、それがいい」

教室が静まり返る。

そして私の胸に、水滴のようになにかがぽちゃん、と落ちた。

「いいよ、私」

すこしだけ勇気を出そう。そう意識して開いた口から出た声はかすれていた。

「ちゃんと、答える」

みんなの目がこちらを向く。それは身体中が強張るようなものだったけれど、ここで引いたら駄目だとこころが訴えていた。

わかっている、誰も傷つけずに生きていけることはないって。

毎日自分以外の人間と過ごす私たちは、些細なことから大きなことまで、きっと誰かのこころをすこしずつ削って生きている。それはもうしかたがないことで、私が誰かのこころを削るということは、誰かも私のこころを削っているということだ。そうやってみんな生きているんだと、考えなくてもわかっていた。

それでも、霧崎くんはそれがいやだと言った。自分の口で、小さな声だったけれどはっきりとみんなに言った。抗えないことに抗おうとするということは、傷つけることや傷つくことのかなしみもつらさも全部知っているということだと思う。

もちろん、自ら傷つくことを望んでいる人間はいないだろう。私だってそうだ。だから、五十嵐くんに聞かれても、私はすぐに返事ができなかった。

彼らが私にどんな質問をするのかはわからない。もしかしたら他愛のないもので、傷つく恐れなんてなにもないかもしれない。でも私は怖かった。それは自分に後ろめたいことがあるからだ。

霧崎くんは、やっぱりそれを、私が飛び降りたことを知っているのだろう。屋上にいたことを曖昧にしてくれたのも、きっと理由は同じ。

ならば私は見たくないものを見せてしまった責任を、すこしぐらい負わないといけない。彼ばかりにいやな役を押しつけてはいけない。

私の答えに、霧崎くんの顔がすこしだけ曇ったような気がした。でもそれも一瞬で、すぐに今までと変わらない、読み取りにくい表情に戻る。

五十嵐くんたちも、別に喜んだり安心したりする顔は見せなかった。彼らだって、私を苦しめたくてそんな結論を出したわけじゃないだろう。

だいじょうぶ、自分にそっと言い聞かせる。自信も根拠もないけれど、そう信じ込むしかない。

「ねえ、やっぱり弥八子ひとりに話を聞くのはやめにしない?」

しかし急いたように日下さんが言い出した。私と霧崎くんを交互に見て、いいことないって、と続ける。

「乾本人はいいと言っているんだが」

「それはさ、言わせたようなもんだよ。皐次郎のことばじゃないけど、私たち別に喧嘩したいわけじゃないでしょ」

もしかしたら日下さんは、私と霧崎くんのことを心配しているのかもしれない。

そう気づいたら、なんだか申し訳ない気持ちになってしまう。彼女の中でどんなストーリーが展開されているかわからないけれど、私と霧崎くんはなにかあって仲違いするような関係じゃない。

「仲よしこよしで、進むような問題だと思うか」

「仲よくしたら駄目なわけ？　今ここに、私たち五人しかいないのに、雰囲気悪くなってなにか得るものがあるの？」

今度は五十嵐くんと日下さんが言い争うことになってしまった。

同じ目標を持ったはずなのに、なかなかまとまらない。

それも、そうかもしれない。いきなり五人一緒にされてうまくいくとしたら、そんなの表面上で付き合うからだ。この特殊な状況でうわべだけのやりとりで済むことはないだろう。

みんなはどうかわからないけれど、私は彼らのことを深く知らない。知らないのだから、予測もできないし、ぶつかってしまうのもしかたがない。

「だからもうよせってお前ら。いったん休憩しようぜ、な」

　またしても村瀬くんが仲介に入る。しかし今度は日下さんが引かない態度を見せた。前々から言ってやりたかった、と村瀬くんを押しのけて五十嵐くんにつめよる。

「五十嵐、あんたいっつも私たちを見下げてるよね」

　彼女のことばが、教室にすこしひびを入れた。五十嵐くんの頬に朱が差す。

「自分たちはお前らとは違う、って。頭がいいのがそんなに偉いわけ？　家が病院なのがそんなに自慢なわけ？」

「そんなわけないだろう。第一僕はそんなふうに思ったことはない」

「だったらどうして私たちを馬鹿にしてるのよ」

　村瀬くんが必死にやめさせようとしているけれど、日下さんには効き目がないようだった。普段から言いたかったのだろうか。もしそうならば、彼女はとてもひとのことを考えているのだな、と思ってしまった。

　だって、私は五十嵐くんにそんな印象を抱いたことがない。私の中で五十嵐くんは、クラスメイトで学級委員長で、しっかりしている、というぐらいのイメージだ。

　私は、きっと他人にそれほど興味を持っていないのだろう。そう自覚すると、やっぱり自分のちいささを実感していやになる。

「霧崎、お前もなんか言ってくれよ」

村瀬くんが霧崎くんに助けを求め出した。私にはその要請がこないから、きっと頼りにされてないのだろう。それも充分、わかる、納得できる。

「言わせておけばいい」

「なっ、薄情者だなお前」

霧崎くんも、村瀬くんの思う戦力にはならなかったみたいだ。でもそうやって言えるんだから、私とは違う。私なんて、今彼らをどうすべきかどうか、まったくわからない。

だから私からしたら、はっきり言い合える五十嵐くんと日下さんも、それを止めようとする村瀬くんも、突きはなせる霧崎くんも、みんなすごい。

すごいってことばの意味があやふやだけど、私なんかとは違って、きちんと自分があるって偉いなあとこころから思う。

「馬鹿にして悪いのか」

ただの傍観者の私は、まるで空気みたいにここにいた。

「なっ……馬鹿にされて気持ちいいわけないでしょ」

うまく進むようにとムードが悪くならないようにと、最初に〝誰が原因でもそれを責めない〟ということを提案した日下さんが、今では教室にぴりぴりしたものを次から次へと持ち込んできている。

「売りことばに買いことばってやつだろ、本気にすんなって」

最初はこの状況にいらついていたり、他人に噛みついていたりした村瀬くんが、今は場をなだめようと必死になっている。

それとは逆で、ひとを傷つけたくないと言った霧崎くんは、我関せずと空を眺めている。

みんな、どうしてそうころころと変わるんだろう。なんて、私がそうじゃないって言い切れない。いや、きっと私もそう。そういうところはみんなと一緒。みんなと違うのは、私はなにもできずに情けないってところ。

やっぱり、私だけ、ここにいるのは違う。こんなことまったく望んじゃいないけれど、私だけ、みんなといるのは間違っている。ひとつの場所に閉じこもって、堂々巡りしているのは私だ。

「では聞くが、自分たちは他人を馬鹿にしていないと言い切れるのか」

五十嵐くんのことばが、鋭い刃物のように空気を切り裂いた。ため息を押し殺していた私にも、それはすっ、と届いてくる。

「偉そうに見下げて、と言うが、他人の欠点をあげつらい、持って生まれた自分では変えられないものを笑う、弱者と見れば上手に出て、和を乱すものを許さない。そんな人間を馬鹿にして悪いか」

遠慮なく発せられることばには、みんなが目を背けたくなるような現実があった。背けたくなる、ということはそれが事実であるとわかっているということだ。だからみな押し黙る。反論できないのではない、認めたくない。自分がそうなんだと、自覚したくない。

それは私も一緒だった。五十嵐くんが言ったようなこと、していないなんて断言できない。私たちが過ごす教室にある、絶対的な空気。暗黙の了解とは違う、独特のノリと称される軽いけれど裏切れないもの。私だって、そこになんとなく乗っているのだと思う。

だけど五十嵐くんはそこをあえて突く。今この五人しかいない教室だからこそできたのか、それとも彼は元々こうなのか、それはわからない。その真っ直ぐな、ぶれない態度は、私なんかとは大きく違う。憧れることはあっても、手にすることはできない理想。

ぐにゃりと、目の前が歪んだ。涙かと思ってこぼれるのを待つ。

「おい、乾！」

でも涙は落ちてこなかった。代わりに大きな声がして、二の腕をつかまれる。

「……え？」

霧崎くんだった。彼の右手が痛いぐらいに私をしっかりつかまえている。その目が真っ直ぐこちらを見ていて、私は息をのんだ。

いったいなにが、と思って自分を確認したら、椅子から落ちていた。霧崎くんが腕をつかんでくれたから、かろうじて上半身が床にぶつからなかった、という感じで崩れている。

「どうしたの、大丈夫？」

日下さんが駆け寄ってきて、私を支えてくれる。それを見計らって、霧崎くんは手を離してくれた。

「具合悪くなった？　貧血かな」

彼女の支えを借りて椅子に座り直すと、五十嵐くんがすこしばつの悪そうな顔をしているのが見えた。

「ごめん……大丈夫」

貧血、なのかもしれない。たまになることはあったし、今も身体がふわふわする感覚がある。ただ、霧崎くんにつかまれた二の腕だけが、血が出てるんじゃないかと思うぐらい、熱くて痛かった。

すこし休憩しようよ、と日下さんが提案してくれた。その声を聞きながら、私はそっと霧崎くんをうかがう。

だけど彼はもう私を見ていなくって、なぜか村瀬くんのほうを向いていた。村瀬くんも霧崎くんを見ている。その表情が、なぜかちょっと険しい。

「わかった、すこし休もう」

五十嵐くんの変わらない声が響く。なんだかぐらぐらと不安定になってしまった教室にちょっとだけ、安心感に似た空気がほんのすこし生まれたみたいだった。

休憩、といってもなにかができるわけじゃなかった。教室からは出られないし、窓も開かないから空気の入れ替えもできない。ただみんな、今考えなきゃいけないことからすこし離れるだけ。

体調を気にしてくれているのか、私の隣には日下さんが一緒にいてくれた。

普段、彼女とよく喋るわけではないけれど、気さくな性格で私にも話しかけてくれることがたまにあった。それも、よそよそしいことなんてちっともなくて、仲のよい友だちと喋るときと同じトーンで。

どうしたら、あんなふうになれるのかな、と思ったことがある。誰にでも同じように、笑顔で話せるなんて。私にはできない。相手によって態度が変わってしまう。

「で、弥八子、どうなの」

五人には教室は広すぎて、自然と距離を取って座っていた。日下さんは私にだけ聞こえるようなボリュームでそう言ってきた。

「どう、って」

なんの話だろう、と思っていると彼女の視線が私の後ろを見ていることに気がつく。そこには霧崎くんがいた。きっと、屋上に一緒にいたという彼のことばに対する質問だろう。曖昧にした霧崎くんも悪いけれど、日下さんの勘違いっぷりもひどい。どうしてそんなふうに考えるのだろう。

「ちょっと意外でびっくりしたけど、でもいいと思うよ、うん」

なんだかとてもうれしそうで、どう対応したらいいのかがわからない。しかもなぜ日下さんが喜ぶのだろう。

「でさ、あいつのどこがよかったの?」

先ほどまでとは違う、リラックスした顔を見ていたら、むげに否定してがっかりさせるのも悪い気がしてきてしまった。

でもまったく事実と異なることを、どう処理したらよいのか。こういうときのスキルをあいにく私はなにも持ち合わせていない。この状況下、無駄に負の感情を与えることが良いとは思えない。

霧崎くんに助けを求めて、応えてくれるとも思えなかった。それに彼はきっとやさしい嘘をつく。

自分ひとり、不利益になるような。

幸いにも日下さんは、答えにまごつく私を恥ずかしがっていると勘違いしてくれたらしい。そのうち聞かせてね、と自己完結してくれた。よかった、と言っていいのかわからないけれど、嘘をつかずには済んだ。

「でもさ、弥八子と霧崎はそうだとしても、なんでこの五人なんだろうね」

隠したり、嘘をついたりばっかりになりそうだな、と自分にため息をついていたら、日下さんが教室をぐるっと見回してつぶやくように言う。

「私と皐次郎は、まあ腐れ縁みたいなものがあるけれど、五十嵐は別になあ、だし」

たしかに、私たちはこれといった共通点がない。私にとってはみんな高校に入学してからの付き合いになるし、普段一緒に行動しているかと問われれば、ノーだ。

「なんか一緒だったことあったっけ……皐次郎に五十嵐に弥八子と霧崎……」

名前を並べられてもなにも思い浮かばない。

相槌を打つだけの私の顔を見て、急に日下さんが手を叩く。

「あった、あった。文化祭」

「文化祭？」

彼女の明るい声につられるように、私も記憶を手繰り寄せてみる。うちの学校は、三年生の受験と新入生の交流を考慮して春に文化祭を行っていた。私たちのクラスは模擬店をやった。甘い物とか軽食を出す簡単なやつ。

「覚えてない？　文化祭ももうすぐってときに、弥八子がひとり居残りしてたの」

「そう、だったかな」

　正直、記憶が曖昧だった。というのも、あのとき私はよくひとりで仕事をしていたからだ。主に実行委員会に提出する書類とかスケジュール調整とかの雑務だったけれど。

「教室にひとり残ってて、なにしてるのって聞いたらメニュー表作ってた」

「ああ、あのとき」

　そこまで言われてようやく思い出す。お店の装飾や看板は美術が得意なクラスメイトたちが作ってくれていたけれど、みんなに手もとで見てもらえるようなメニュー表がなかった。それもあったほうがいいかなと思って書いていたんだった。

「そうだったね、みんなが手伝ってくれて」

「そうそう、弥八子がきれいな字で書いててくれて、それをコピーしたりラミネートしたり。そういえばほら、五十嵐が意外と絵がうまくって」

　どうして忘れていたんだろう。あのときたしかに私たちはこの教室にいた。村瀬くんと日下さんが明るい口調とやりとりで笑わせてくれて、それを五十嵐くんがたしなめて。みんなで文化祭が楽しみだねって言い合いながら、頑張っていた。

「ね、皐次郎も覚えてるでしょ」

「へ、なにが」

「文化祭。このメンバーで居残りしたじゃん」

「ああ、そういえばそうだったな」

「ほら、五十嵐は覚えてる」

「えー、だったっけか……」

「うわー薄情だなぁ」

そうだ、あのときもこんな感じだった。たしか集まったのは偶然だったけれど、それぞれがいろんな理由をつけて手伝ってくれた。それがなんだが楽しくて、うれしくて。私はあのとき……。


あのとき、この時間がずっと続けばいいのにな、って思ってた。

思い出した。そうだった。私は、それを願っていた。押しつけがましくない、みんなのやさしさに心地よさを覚えていた。終わらないといいなと望んでいた。

じゃあ、そのせいなのか。

「しかしそれがなにかしら関わってるとは思いにくいのだが」

「まあたしかに、あのときはただみんなで作業しただけだしね」

もやもやとした気持ち悪さが広がってくる。みんなにとってはなにげない放課後が、私にとっては意味のあるものだったかもしれない。そしてそのときのメンバーが今、教室に揃っている。

「うーん、俺、記憶があやふやだわ」

「うわ、まだ高一なのにもう忘れっぽいの。てかついこの間じゃん」

「うるせーな。つかそもそも、俺、お前のことはともかく三人とはあんま喋ったことねえし」

もしかしたら、という思いがあっても、誰にも言えない。そのつらさがいまさら身に沁みてくる。自分で言えるわけないって思ったくせに。やっぱり自分勝手。

「言われてみれば、たしかに僕らは互いのことをあまり知らないな」

「ああそういえばそうかも」

三人の会話は進んでいたけれど、私がその中にいなくても問題はなかった。やっぱり私はここにいるだけなのだ。彼らとは別、向こう側に私は行けない。

霧崎くんはこの輪に入ってこないけれど、ただなんとなく参加するよりよほどいいと思えてしまう。私とは違う。自分の意志で、彼らとは別のものを選んでいる。

まだ彼は空を見ているのだろうか、と霧崎くんのほうを向いてみた。でも彼は、手もとのスマートフォンを静かに見ていた。指はあまり動いていないから、なにか積極的に操作をしているわけではないのだろう。

ただその顔が、ほんのすこし緊張して見えた。私にすら、そう感じ取れるのだから本人はけっこう焦っている、もしくは驚いているのかもしれない。

どうしたの、そう聞こうと息を吸った瞬間、霧崎くんに見ていることを気づかれて、目が合った。

三秒ほどそのままでいてから、ゆっくりと視線を外され、彼はスマートフォンをポケットに押し込んだ。その動作は流れるようにスムーズで、私に見られたことについては意に介していないようだった。それを追及しようか迷って、やめておくことにする。彼だって私のことには深く突っ込んでこないのだから。

「じゃあさ、せっかくだから自己紹介したらいいんじゃやね」

急に耳に入ってきた単語に、びっくりして顔の向きを戻す。村瀬くんが爽やかな笑みを浮かべていた。

自己紹介とは、入学以来聞いていない単語だ。

「いやあんた、馬鹿？」

日下さんも似たような感想を持ったようで、ため息をつきながら私の顔を見てくる。ねえ？　と同意を求められたようで、とりあえず軽くうなずいておく。

「だってよ、さっきから全然話進まねえじゃん。乾に質問するってやつもなんだかんだでうやむやだろ。じゃあもう全員でなにか言い合って、そこから話広げたらいいじゃん」

ええー、と日下さんは言ったけれど、反対する気はなさそうだった。それだったら不公平じゃないだろ、と村瀬くんに続けられたからだ。彼女はよほど、不公平さを嫌うらしい。

「まあ、悪くない提案だな」

五十嵐くんもまんざらでもない様子を見せている。残すは私と霧崎くん。先に私が聞かれたけれど、反対しても流れが悪くなるだけだろうと思って了承の返事をした。

「霧崎も、いいよな」

多数決ではもはや決まったも同然だったけれど、村瀬くんは丁寧に確認を取る。

「ああ、そうだな」

霧崎くんもそれを理解しているのか、余計なことは言わずに了承の意を見せた。

「だが自己紹介といっても名前や誕生日はいまさらだろう」

五十嵐くんが私をちらっと見て言う。気遣ってくれているのか、反応を見ているのか、わかりそうにない。

「自分が今一番きらい、いやなものを挙げる、はどうだろうか」

「それはちょっと、話題が暗くない？」

日下さんが抵抗を見せた。露骨に眉をひそめている。

私もあんまりうれしい話ではない。冗談でならまだしも、きっとこの雰囲気では本音を言わなければならないだろう。

「好きなものが一緒よりも、きらいなものが一緒のほうが共感を得やすいと思うんだがな」

「ええー、そうかなあ……」

「きらいなものを同意したほうが好感が得やすいというのは、恋愛でも使われるテクニックらしいが」

「えっ、そうなの、じゃあそれにする、やってみたい」

ちょっといやだなあ、多数決でなしにならないかなと思っていたら、日下さんがあっさり五十嵐くんに乗せられてしまった。あまりの変わり身のはやさ、思わず声が出そうになる。村瀬くんも私と同じみたいで、彼は素直に日下さんに突っ込んでいた。

そして結局、その提案をのむことになってしまった。

じゃあ誰からやるのか、ということになって、ここは全員でなにかを言い合おうと発案した村瀬くんからになった。さすがにトップバッターはいやだったらしいけれど、みんなに押されてしゃあねえなあと背筋を伸ばす。

「俺がきらいなものは、勉強だ」

「うん、馬鹿だしね」

「うるせえな、ちゃんと理由があるんだよ」

茶化すように言った日下さんを村瀬くんが制す。

「日下、あんまりふざけるのはよせ」

五十嵐くんも厳しい顔で注意するので、日下さんは頬を膨らませながらも謝る。たぶん彼女なりに話しやすい雰囲気を作ろうとしたのだろう。けれど残念ながら、このメンバーではうまくゆかなそうだった。

「俺さ、ちいさいとき身体が弱かったんだ」

意外なひとことで、彼の話が続く。五十嵐くんはスポーツはなんでも得意に思えたし、所属している陸上部ではとても活躍していると聞いていた。まさに絵に描いたようなスポーツ少年だと思っていた。

「でもそれを乗り越えて運動できるようになったのが、めっちゃうれしくて楽しくて。だから俺は、スポーツをこの先もずっと続けたい。別にプロとかオリンピックとかが目標じゃない。ただ死ぬまで身体を動かす楽しさを味わっていたい」

はっきりと喋る村瀬くんは、なんだかきらきらして見えた。目を細めるほどまぶしくはないけれど、たくさんのきらきらしたなにかがこぼれているみたいで、私にはちょっと刺激が強い。

「だけどよ、うちの親はスポーツなんていいから、勉強していい大学に入れ、って言うわけ」

　きっと、彼は未来の話をしているからだ。私にはない、未来のこと。

「まあうち母親しかいないし、苦労してるし、言いたいことはわかるんだけどよ。でも勉強していい大学入って就職してたくさん給料稼いで、って人生が俺にとって楽しそうか、っていうと、なんかちげえ、って思うんだよな」

　だから、勉強がきらいだ、と彼は締めくくった。

　きっと、勉強することがきらいなのではないな、と彼の口ぶりから思う。

　母親が盲信、ということばが適切かはわからないけれど、それさえしていればと信じている勉強というものがいやなのだ。世の中には選択肢がもっとある、と言いたいのかもしれない。

　その気持ちはわからなくはなかった。五十嵐くんが言っていたとおり、プラス面よりマイナス面のほうが共感しやすいみたいだ、私は。

「あとさ、さっき日下が言ってたあれ」

　思い出したかのように村瀬くんが続けた。名前を呼ばれた日下さんが「あれ？」と聞き返す。

「自分は許してあげるから、素直に罪を認めて告白しろってやつ」

つけたされたことばに、ああ、とみながうなずいた。村瀬くんが妙につっかかっていたところだ。

「俺さ、そういうの散々言われてきたんだよな」

ぴん、と伸ばしていた背筋を丸めてから、村瀬くんは背もたれに身体を預けて天井を見上げた。

「身体が弱いんだからしかたがないって」

自分の中の、いやな記憶なんだろう。さっきまでとは打って変わって声に張りもなかったし、表情も明るくなかった。

「好きで身体が弱いわけじゃねえよ、ってそのたびに思ってた。自分自身、病気をいいわけにしたことなんかないのに、なんでお前にしかたがないって言われなきゃなんねんだよって」

「だから、許される残酷さ」

彼のことばを思い出してつぶやくと、五十嵐くんと目が合った。その瞳が、ほんのすこし揺らいで見える。私にはない経験だけど、もしかしたら五十嵐くんにはあるのかもしれない、となんとなく感じてしまった。

「そっか……ごめん、皐次郎」

わずかな沈黙をおいて、日下さんが謝罪のことばを口にした。それを村瀬くんが笑い飛ばす。

「別にいいって。お前がそんなつもりで言ったんじゃないのはわかってる。つか俺も言い方悪かったし」

「たしかに、あのときの村瀬は過剰だったな」

「うるせえ、五十嵐こそずいぶんなこと言ってただろ……はい、じゃ次五十嵐の番」

やっぱり、彼らはきちんと他人と向き合っているんだなと思ってしまった。悪いと感じたらすぐに謝り、それを受け入れる。思ったことは口にするし、その伝えたことはきちんと理解してもらえる。うらやましいと言えばたしかにそうだけれど、私には到底できそうになかった。

三人の顔を順番に見る。そこにもう焦りや苛立ちは感じられない。

「僕もだいたい似たようなものだ」

村瀬くんから振られた順番を、五十嵐くんが受けて続けた。

「うちの親の口癖も、しっかり勉強していい大学に行って……病院を継げ、だ」

一瞬、言い淀んだ彼の表情が暗くなる。深く長く息を吐いて、私たちではなくその奥にある教室の後ろの壁を見ていた。

「そんなくだらないことにうつつを抜かすな、とよく言われる」

壁には今はなにもない。普段なにが掲示してあったかも、ちょっと定かではない。

連絡事項とかだったろうか。そのなにもない壁に、彼はなにを見ているのだろう。

「くだらないことって?」

今度は落ちついたトーンで、日下さんが尋ねる。

五十嵐くんはちょっと考えるような素振りを見せてから、ちいさな笑みをこぼした。

「絵だ」

「絵? 美術の?」

「そうだ、絵を描くのが昔から好きで……ただ、もしかしたら家への反発心からやっているのかもな」

思い起こせば、たしかに五十嵐くんは絵が上手だった。選択授業が同じ美術で、最初に描いた油絵の風景画がとてもきれいな色合いで描かれていて、すごいなあと感心したことがある。

あれが家への反発心というのは、ちょっともったいない。

「ちいさいころから、家を継ぐのが当然だとずっと言われてきた。ほかに兄弟はいなかったし、父親も祖父も継いできた家業だったからな。小学校のころの、将来なりたい夢という質問も作文もすべて医者と答えてきた。それが自分にとっても当然だった」

五十嵐くんがまた、ちいさく笑う。それは自分に対する笑いに思えた。

「だがある日馬鹿らしくなってな。どうしてほかの選択肢がないのだろうと。祖父を見ても父を見ても、その同僚の医者を見ても、すこしも憧れなかった。そうしたら、ほかに生きていく目的が欲しくなったんだ」

思い出した。教室の後ろの壁には、一枚の絵が飾ってあったんだ。美術の授業で描いて、文化祭で展示もされていた。グラウンドの絵。うちの高校の、緑にかこまれたグラウンドで走る、サッカー部員や野球部員の油絵。

「だから村瀬とはすこし違うな。僕にとっての絵は、現実逃避の道具だ」

あの絵の作者は五十嵐くんだった。淡い風景に、はっきりした人物のコントラストが、すごくいきいきとしていて、とてもこまかくてきれいで、やっぱりすごいなあと文化祭の日にずっと眺めていた。

どうして私はまた忘れているんだろう。教室の片隅に飾られていた絵は、きっと毎日目に入っていた。それなのに、私はすっかり忘れている。

それに、あの絵は現実逃避の結果じゃなかった。そんな逃げるような理由で描ける絵じゃない。

「充分だろう、現実逃避で」

こういうときはなんて言えばいいのだろう。五十嵐くんの自虐的な笑みを見ながらそう悩んでいたら、すこし離れたところから声が聞こえてきた。霧崎くんだ。

「大義名分が必要な夢なんて、ない」

顔はこちらを見てはいなかったけれど、静かに、でもしっかりとした声で彼が言う。そしてみんながそのことに驚いていた。

「そうか……そうかもな」

五十嵐くんの肩から、力が抜けた気がした。霧崎くんはそれ以上なにも言わなかったけれど、五十嵐くんには充分みたいだった。

「たしかに、五十嵐って絵うまかったもんね。きらいなものは……親、なんじゃないかな」

日下さんが幾分か明るい声で言うけれど、茶化したような軽さはない。

「親よりも、周りの期待、だろうな」

「そっか、さっきはごめんねー。家が病院なのが、とか言っちゃって」

「気にしなくていい。そういうことをみながさほど思っていないことは知っている」

「おお、なんか強い」

「強いわけではない。言い方は悪いが、要は周りは深く考えないで言っている、と思っているということだ」

「おおー……すいません」

ふざけるわけでもなく、深刻すぎることもなく、互いが淡々と受け止めて会話が続いている。私もその輪の中に入っているけれど、やはり傍観者みたいだった。

でも、それが案外悪くない。文化祭の準備のときもこうだったと思い出し、むしろちょっとうれしさが込みあげる。存在が無視されているわけではない。けれど積極的に入れと強要されることもない。その心地よさがやっぱり好きで。

やっぱり、この時間がずっと続けばいいのにと思ってしまう。

「そういう日下は、なにがきらいなんだ」

違う、駄目だ、そういうことを思うべきじゃない。

「えー、私はとくにないいんだけど」

永遠は、ないんだ。

「お前、自分だけズルすんなよ」

村瀬くんの大きな声に下がっていた視線を上げると、彼の向こうに人影が見えた。

その顔と、目が合う――。

「どうした、乾」

おどろいて椅子を鳴らしてしまった。そのことにもちろんみんなが気づいて、私のほうを見る。誰も私の視線の先を確かめない。

村瀬くんの向こう、廊下側の窓の隅に見えた、人影。ちいさかった。たぶん子ども、小学生ぐらいだ。でも誰だかわからない。私？　どこか見覚えのある顔。女の子のようだった気がする。

「弥八子、顔色悪いよ。やっぱりまだしんどい？」

「え、あ……ごめん、大丈夫。疲れてるのかな、身体がなんかすこしおかしくて」

その人影はもう見えない。いまさらみんなに伝えても、確認してもらえないし、見間違いと思われるかもしれない。

「ごめん、続けて。つらくなったら、言うから」

心配しているような、訝しんでいるようなみんなの視線に耐えられなくなって、精一杯笑ってから視線を落とした。

ぽん、と肩にやさしい衝撃がくる。確認しなくても、霧崎くんだとなんとなくわかった。その手のおかげでしっかり息が吐ける。なんでそんなことしたんだろうとは、どうしてか思わなかったし、触れられたことがいやでもなかった。

「ほれ、日下、お前の番」

止まった流れを、村瀬くんが取り戻してくれる。日下さんが言わずに済んだと思ったのに、と嘆いている。それを五十嵐くんがまたうながす。もう一度、さっきの雰囲気がちゃんと戻ってきた。違うのは、霧崎くんが近くに座ったこと。

「私は、あえて言うなら、女子グループってやつかな……」

「みんなでトイレに行くあれか」

「そうだけどそこだけ言われるとなんかムカつく」

「なんでだよ、合ってんだろ。あと第一お前はきらいって言ってんだからムカつく必要ねえだろ」

「いやそうなんだけど。うーん……なんていうかさ、クラスの中にランクって、ない？」

すこし吐き気をもよおすような感覚に襲われていた私に、突如日下さんが問うてくる。

「え、ランク？」

おどろいて反復してしまったけれど、彼女が言わんとしてることはわかった。日下さんもそれはわかってくれているのだろう。うなずいてから話を続ける。

「それが、女子だとなんか如実なんだよね。リーダーが白といえば白。黒を選ぶとはい除外、みたいな」

「男子はそこまで感じないが……そうなのか、乾」

ほかに女子がいないからしかたないのだろうけれど、五十嵐くんが私に聞いてきた。

「うん、まあなんとなく、そういう空気は感じる、かな」

はっきりとは言えないけれど、ちょっとだけわかることはある。

クラスの中には一軍と二軍があって、さらに一軍にはリーダーがいて、彼女がそのバランスをうまく操っている。けして一軍が多数にはならない。選ばれた特別感を彼女らは演出する。私はどう考えても二軍のさらに下のほうだから、リーダーには相手にもされていない感じだけれど。

「あの右へならえ！　な空気が駄目。もうほんとやだ。いいじゃんトイレにひとりで行ったって」

「やっぱトイレかよ」

「たとえよ、たとえ！」

そうやって口を尖らせる日下さんがとても意外だった。

私からしたら彼女は一軍のトップにいるような子だったし、そういう雰囲気を楽しんでいるのだと思っていた。彼女は友だちも多いし、誰とでも気さくに……そうか、誰とでもというところが、ネックなのかもしれない。

「しかし乾もいるのによくそうあけすけに言うな」

五十嵐くんのことばに、日下さんがにっこり笑った。

「だって弥八子はそういうのには染まらないもん」

「え？」

唐突なことばに、思わず声が出る。

「弥八子ぐらいだよ、このクラスの女子でしっかり自分を持って行動してるの」

「お前はどうなんだよ」

「私？　私は駄目だなあ。まだやっぱり周りに合わせちゃったりするよ。弥八子がうらやましい」

「そんな、私、そんなふうじゃ……」

けっしてない。自分なんて持ってない。そうじゃなくて単純にみんなに近づけないだけだ。

「褒められてるんだ。礼を言っとけばいい」

否定した私を、五十嵐くんが止める。けして嫌味ではなく、いつものように冷静に淡々とした口調で、彼が言う。

「実るほど頭を垂れる稲穂かな、だっけか」

「お前がそんなことばを知っているとは驚きだ、村瀬」

「ひでえな、俺だってすこしぐらい本は読むって」

そんなふうに思われているなんて、微塵も思っていなかった。きっとクラスメイトからしたら私は毒にも薬にもならないようなやつで、いるけどただそれだけの人間なんだと思っていた。

「よかったな」

隣から、霧崎くんまでもが声をかけてくれた。

よかったのか、わからない。だってほんとうに、私はそんな人間じゃない。でも今はほんのすこし、うれしい。みんなの勘違いだけど、それでもうれしい。

「霧崎がやさしい。弥八子にやさしい」

ただその感情をうまく態度にも口にもできない私より、なぜか日下さんがもだえていた。それも大いなる勘違いなのだけれど、どう彼女に反応したらいいのかわからない。

「まあそれはほっといて、霧崎、お前はどうだ」

そして案外、五十嵐くんがつめたかった。さくっと切り捨てられた日下さんはそれでも気にせず、にやにやと霧崎くんを眺めている。

「……きらいなもの、か」

日下さんの熱い視線は我関せずで、霧崎くんがすこしうつむく。考えるのだろうか、と思ったけれど、違った。

「自分」

たったひとこと、それだけ言った。でもなぜかその短い単語が教室を切り裂くように響いた。

五十嵐くんの眉が寄る。日下さんからは笑みが消えた。

「自分、とは霧崎お前自身が、お前をきらっている、ということか」

霧崎くんはそうだな、と軽くうなずいた。まるで他愛のない話の相槌のように、さりげなく。その横顔が、きれいだった。

誰も続きをうながさなかった。聞いてはいけないと思ったわけではないだろう。聞けないのだ。すくなくとも私はそう。それ以上、聞きたくない。

だって、私も一番きらいなものは、自分だ。情けなくて、ちっぽけで、なんにもできなくて、駄目な自分。

今もそう、霧崎くんの心情に寄りそうでも同感するわけでもなく、耳を、こころをふさぎたい気持ちでいっぱいだ。そんな自分、だいっきらいだ。

でもどうすることもできない。どうしたらいいかわからない。

義母から言われたことばが蘇る。

『もうちょっと自覚しなさいよ』

あたらしい家族とはやく慣れようと、仲よくしなければと必死に話しかけていたとき、ため息と共に吐かれたことば。たったそれだけだったけれど、そのなかに私はいろんな感情を見た。自覚、とおきかえられたそれは、まだまだ子どもだった私にも充分に読みとれた。そして私は耳とこころをふさいだ。私は、好いてもらえる価値さえない、思いあがっちゃいけない。

「自分のこと、きらいじゃないやつなんて、いんのか」

繰り返す時計の秒針の音だけが響いて数秒、村瀬くんが口を開いた。

「そりゃさ、自分大好き、なーんてやつもいるけどよ。でもそんなやつだって、きらいだったことがあるから、好きになれたんだと思うんだけどな、俺は」

なるべく重くならないように配慮したのか、あっけらかんと彼は続けた。

五十嵐くんと日下さんが意外そうな顔で彼を見ていて、それをまた村瀬くんが笑いながら「なんだよ」と突っぱねる。

「俺だって、身体どころか気持ちまで弱くてへたれな自分、だいきらいだったよ」

どうやって、そこから好きになれたのだろう。そんな自分がいて、それをきらっているのに、どうしたらプラスへと飛べるのだろう。私にはわからない。

「じゃああんたは今、自分だーいすき、なわけだ」

日下さんの突っ込みに、村瀬くんがはにかんだ。否定も肯定もせず、ただ笑う。その笑顔が、すてきでまぶしかった。

そのまぶしさに、そっと目を細めながら霧崎くんを盗み見る。自分がきらい、とはっきり言った本人はどうなのだろう。そう気になったけれど、彼の表情はさして変化を見せていなかった。ただ若干、顔に落ちる影がうすくなっているような気がした。

「で、乾は？　もうここまでみんな言ってきたんだから、言えんだろ」

それ以上突っ込まれないように、と言わんばかりに村瀬くんが私へ答えをうながす。

たしかにあとは私だけだった。私も、自分と答えるべきだろうか。でも霧崎くんのようにさらりと言ってしまえる自信がない。きっと、私は言い淀んで、みんなに追及されて困惑して、駄目になる。

周りを見ると、みんなが私を見ていた。霧崎くんも、顔をこちらに向けてくれている。霧崎くんと一緒だと、さらりと済ましてしまえばいい。そんなことは頭ではわかっているけれど、それができない。やっぱり、自殺したという事実が頭に、こころにこびりついている。

「平気だよ、弥八子、誰も笑ったりしないって」

言いあぐねている私を見て、日下さんが後押ししようと声をかけてくれるけれど、笑われるのはまだいい。それよりも。


そう、それよりも、もう失望されたくないんだ、私。


乾、と誰かが私の名前を読んだ。すこし遅れて、私のポケットの中身が、震えた。みなが黙っていた静かな教室で、それは存在を主張した。

え、と誰かが言った。今のって、と誰かが受けて続ける。

その振動音はもう聞き慣れたものだろう。でも私の電波ないよ、俺のもやっぱりないな、そんな会話に入ってゆくことができない。だから自然と、みんなの目線がこっちに集まった。

隠し通せるものではないと、あきらめがついた。第一、ただ電波が入っているというだけで悪いことではない。今の状況では、そうでないか否かは大きいかもしれないけれど。

「ね、今のって……」

「悪い、俺のだ」

素直に言おう、そう思ったのに。間に入ってきたのは、またしても霧崎くんだった。

「え、なに、霧崎のケータイ通じてんの？」

「みたいだな」

「みたいだなってお前」

村瀬くんが驚いたような表情で立ち上がった。五十嵐くんのため息が聞こえる。

「なぜ、最初に言わなかった」

「言う必要があったか」

「僕らは教室に閉じ込められた。しかも校舎の中にも外にも誰もいない。助けを求めたくても求められない。そんな中、唯一外界に通じるものだ。言いたくない理由でもあったのか」

自分が想像していたことが今目の前で起きている。でもそれは私にではなくて、霧崎くんにだった。

彼のだけじゃない、私のスマートフォンも通じてる。そう言うべきなんじゃないかと思って息を吸うと、霧崎くんが私を強くにらみつけてきた。まるで言うのを禁じるみたいに。今までになく、つよく、つよく。助けてもらったときにつかまれた二の腕が、じんじんと熱を帯びてくる。

「勝手に受信するだけだ」

そしてそんな目をしたことなんて嘘のように、もとどおりに彼らと話し出す。

「受信するだけ？」

「電話もメールもできない。ネットも無理だった。ただ向こうからメッセージが届く」

〝メッセージが届く〟。そのことばに、はっと顔を上げた。彼にもメッセージが届いている。電話をかけてみようとかはしなかったけれど、私もそれは無理なのだろうか。

でも今は試せない。

「メッセージ？　誰から？」

「さあ」

「さあって、霧崎」

「誰かは知らない。名前も出ない。ただメッセージが届いただけだ」

「……見せてくれるか」

きっと五十嵐くんは怒りを覚えているだろうけれど、あくまで冷静に話を進めようとしていた。霧崎くんもそれは理解しているのか、文句を言わずに自分のスマートフォンを渡す。画面をのぞく五十嵐くんの横に、いつのまにか日下さんが立っていた。

「たすけて、あげる」

「なにこれ、なんか気持ちわる」

五十嵐くんが読みあげたメッセージは、途中まで私のと一緒だった。さっき鳴ったときに受信したのが、その続きなのだろうか。

「どういうことだ」

「文字どおり受け取ったら助けてくれるんだろうけど、ちっともそんな気配ないよね」

「まだ途中かもしんないぜ。たすけてあげる、だからなにかをちょうだい、とか」

「やめてよ皐次郎、それじゃホラーだよ」

五十嵐くんは丁寧にスマートフォンを霧崎くんに返した。

「意味はわからずとも、みんなの携帯電話がつながらないのに霧崎だけメッセージを受信するのは、なにか理由がありそうだと思うんだが」

ただしその表情は硬い。

「お前はここから出たくないのか、霧崎」

空気が一変した。ついさっきまで、みんなでなごやかに過ごしていて、このままずっとこの時間が続けばいいのに、と思っていたのに。

今の私は、はやく終わって欲しいと思っている。なんて身勝手で、情けないやつなんだろう。自分だって、霧崎くんと同じなのに、やっぱり彼ひとりにいやな役目を押しつけている。

「どうだろう、わからないな」

どんなに五十嵐くんのことばが厳しさを帯びていても、霧崎くんはいつもと変わらない静かな声で答えた。その返答にますます五十嵐くんの顔に険しさが増す。あきらかに苛立ちを募らせている。その顔が怖かった。そんな顔、見たくなかった。拒否しても重なる、家族の顔。

また、世界がぐにゃりと歪んだ。力が入らない身体が、床に吸い込まれるように落ちてゆく。

「弥八子！」

誰かが私の名前を呼んでくれる。だけど私はその返事を持たない。

だって、やっぱり私は自分がだいきらいだから。

空が見えた。どこまでも青い空。真っ直ぐ伸びている飛行機雲。

もう一度あの空を見て、死ねたらいいのに。

なんてことばを、私はきっと言えないまま、終わる。

4. いえない。

父親が泣いているのを見て、これは夢だなと瞬時に気がついた。だって、あのひとが涙をこぼしているのを見たのは、一度きりだ。

お母さんのお葬式。

だから私が八歳のころ。突然のことではなかった。詳しくは教えてもらえなかったけれど、病気で、それがとても悪くて。だからすこしずつ、その日を迎える準備をしていた。

それでも、お父さんは泣いた。火葬場の駐車場で、大泣きしている私の手を握って。そんな日に限って空はとてもよく晴れていて、残酷なぐらい、どこまでも見渡せそうだった。

『これからはふたりでがんばろう』

夢の中の父親が低い声で言う。涙をこすったスーツの袖が、色を濃くしている。

『弥八子も、自分のことは自分でなんとかするんだ』

言われた私は、父を見上げてうなずく。つよく、つよく、絶対にそうするとこころに誓って。泣きはらした父親の姿が衝撃的で、私がなんとかしなきゃと思っていた。

違う、こんなことを思い出したいんじゃない。

ふっ、と場面が変わった。

私は廊下を歩いている。窓の外の景色が夏ではないけれど、高校の校舎で間違いはない。歩く先に見える、家庭科調理室の文字。

なんの夢だろう、と疑問に思いながら、私は扉に手をかける。ゆっくり開けたその先に、霧崎くんが立っていた。ほかには誰もいない。

『手伝いに来たんだけれど』

私の口が勝手に言う。霧崎くんは、なにやら調理をしていた。その包丁の使い方や、切られた食材を見る限り、とても丁寧で手慣れているように見える。

『ありがとう』

霧崎くんはそれだけ言って、スライスしたバナナにレモン汁をかけた。

なんの夢だろう。そう思いながらも、私は彼の近くへと足を進める。

『料理……じょうずなんだね』

夢の中の私は、ちょっと遠慮がちだった。それでも無言が気まずいのか、なんとか話題を作ろうとしている。

『やらないといけないから、覚えた』

そう言いながら霧崎くんはりんごの皮むきをはじめる。くるくると、りんごを器用に回しながら、一本の皮が下に伸びてゆく。

『そう、なんだ。私もね、わりとできるんだよ』

霧崎くんになにをしようか相談すると、唐揚げ、と言われた。

調理台を見ると、大きなタッパーの中に、漬けこまれた鶏肉がある。これを揚げればいいんだな、と横に置いてあった片栗粉をバットに広げる。

『私も、やらないといけないから覚えたんだけどね。母親がいなかったから』

自分の意思とは別に、口と身体が動くのには違和感があった。夢ならばよくあることのような気がするけれど、どうしてかさっきから身体がむずむずする。なにか忘れていそうな、それともなにか思い出せそうな。そんな感覚がある。

『そうか、乾もか』

私を見た霧崎くんの顔が、さみしそうだった。

『うん、小学生のときにね、お母さん、死んじゃって』

なぜかその表情に、夢の中の私はもっと喋らなきゃ、と思って必死に口を動かしている。乾もか、そう言われたことに、どうしてか身体が強ばった。

『大変だったな』

『うん、まあね。今は、親も再婚したんだけれど』

話題が暗くなりそうなのを心配して、私はあえてそんなことを言う。でも、再婚、と口にしたとき、胸が痛くなった。まだ、だめならしい。

鶏肉の余分な粉をはたく。霧崎くんが油はあたためてくれていた。油の中に菜箸を入れて気泡を確かめる。

『霧崎くんは、なんの料理を作るのが一番が好き?』

鶏肉を油の中に入れる。

『別に……どれも同じ』

霧崎くんのりんごは、均等にスライスされてゆく。そして次々と、塩水の中に落ちてゆく。

『そっか……私も一緒。どれも料理してるときはたのしい』

鶏肉はだんだんと色がつき、唐揚げになってゆく。

『おいしくできたかな、たくさん食べてもらえるかな、って一生懸命に作るの、たのしい』

りんごがすべて塩水に沈むと、霧崎くんは包丁とまな板を洗い、代わりにボウルと卵を用意する。

『でも、後片づけのときはすこしさみしい』

真っ白な卵が、霧崎くんの手で次々と割られていった。

『食べてもらえないときは、もっとさみしい』

そう言いながら、私は笑っていた。

できあがった唐揚げを取り出して顔を上げると、霧崎くんと目が合う。

その瞳が、私の心の奥を見すかしている気がした。彼の唇がかすかに動く。ただなんと言っているのかはわからない。

そうしたらなんだか急に気恥ずかしくなってしまって、鶏肉を揚げることに専念し出した。そして同時に、夢の中で過去のできごとを思い出す。


文化祭の日だ。予想以上に店が盛り上がって、調理する人数が足りなくなっていた。だから当日はあまりやることがなかった私は手伝いに行った。そこにいたのが霧崎くんだ。記憶ではほかにも何人かクラスメイトがいたはずだけど、今は家庭科調理室にふたりきり。

油が泡をたてる音と、卵を割る音だけが、響いている。でもだんだん、それもいたたまれなくなってきて、夢の中の私は、霧崎くんの手もとを見る。割られた黄身と白身が、ボウルの中につるんと流れ込んでゆく。

『ひよこって』

どうしてか、料理の話じゃなく、生まれてこなかった命のほうに意識がいってしまった。

『殻を破って出てくるとき、なにを考えているんだろう』

今からそれを食べるために調理するのに、ふさわしくない話題だ。自分の会話力のなさにため息が出る。

『なんにも、考えてないと思う。ただ生きるために必死なだけだ』

だけど霧崎くんはいやな顔もせず、笑うこともせず、話を続けてくれた。静かな声で、でもしっかりと。

『そうだね……ひよこになったら、その必死な気持ち、わかるかな』

そろそろ用意していた鶏肉も尽きる。霧崎くんは卵を溶いて、味をつける。しゃかしゃかと軽快な音がリズムを刻んだ。

『俺たちも、生まれてくるときは、きっとそうだった』

そして私のほうを見た。やさしい目だった。どこかなつかしいその瞳に、私のこころがざわめき出す。

だけどもう鶏肉はない。唐揚げも最後の一個ができあがってしまう。

『ねえ、霧崎くん』

このもどかしい気持ちはなんだろう、と彼の名前を呼ぶ。だけどもうそこに霧崎くんはいなかった。

その代わり、子どもがいた。十歳ぐらいの、女の子。

『思い出せる？』

その子が真っ直ぐに問うてくる。家庭科調理室だった風景が、真っ青な空に変わっていた。

誰、と問いたい私を少女は手で制止する。

『誰だってみんな、生まれたときから死に向かって生きてるんだよ』

やわらかい笑顔だった。だけど言っていることは、私の胸に鋭く突き刺さる。

『死ぬために、みんな生きてる』

ふかく、ふかく突き刺さろうとして、周りをえぐっていく。

『でも、どうせ死ぬなら、笑って死んだほうがよくない?』

少女は笑った。泣きたくなるぐらい、純粋ですなおな笑顔だった。あんなふうに、私が笑ったのはいつが最後だろう。

そうして夢は終わった。


目が覚めると、教室の天井が見えた。規則的に並んだ蛍光灯にあかりは灯っていない。背中がくっついているのが床だと知って、ゆっくりと身体を起こした。身体に、カーテンが巻かれていた。ちゃんと、頭が直接床につかないようにと配慮もされていた。

夢を見ていた、と思う。その詳細は覚えてないけれど、でもなにかとても大切なことがあったようで、こころがそわそわとしていた。

「お、起きたか乾」

村瀬くんの声が聞こえて顔を向けると、その近くに霧崎くんもいた。

「悪かったな、寝かせられるところがなくて。そのうえカーテンだし」

ほかになにもなかったのは、容易に想像できる。日に焼けて色褪せた古いカーテンだけれど、あの高い窓から取ってくれたのだと思うと、全然気にならなかった。

「ありがとう……みんなは」

まだすこし、覚醒しきらない頭が痛かった。昼寝から目覚めたときによく似てる。身体がだるくて、動く気が起きない。

「五十嵐と日下もすこし寝てる」

そう村瀬くんが顎で指したほうに目をやると、日下さんは机に伏して、五十嵐くんは壁に寄りかかって眠っていた。疲れているみたいで、私たちの会話ぐらいでは起きそうになかった。

座ったまま目をこすって、今の自分たちの状況を思い出す。私はまた貧血を起こしたのだろうか。みんなに迷惑をかけてばかりだ。

ゆっくりと立ち上がって、背中と制服がすこし貼りついていることに気がつく。寝ている間に汗をかいたみたいで、触ってみれば額もじんわり湿っている。

「喉……渇いたな」

ちいさな声のひとりごと、のつもりだったのに、村瀬くんが大きくうなずいた。

「俺も、なんだか喉渇いた。でも教室ってなにもないからな。水道だって廊下だし」

そう言いながら村瀬くんはぐるりと教室を見渡す。

いつも以上に物がすくない教室は、けっこう違和感があるものだなあとさみしくなってしまった。いろんな物で溢れかえってごちゃごちゃしているのが当たり前で、その風景を今見られないのはなんだか心許ない。

「せめて支援物資とかないもんかね」

村瀬くんが天井を仰いで言った。

「ゲームみたいに要請して落とされたらいいのにね」

彼の力の抜けた態度に気が緩んでか、私の口がすらすらと動く。

「おう、あれな、ヘリからどーん……って、乾の口からゲームなんてことばが出てくるとは」

意外だ、意外過ぎる、と村瀬くんが私を凝視してきた。そこまでだろうか、と顔が熱くなる。

「そう、かな」

「あ、気悪くしたらごめんな。けど乾ってあんまゲームとかしなさそうなイメージがあるわ、なあ霧崎」

　そう、なのかもしれない。話を振られた霧崎くんも同意っぽい表情を見せていた。たしかに学校で誰かとゲームの話題をすることはなかったような気がする。クラスメイトとの話題は、授業のこととかテレビのこととか、他愛のないものばかりだ。

「まあ勝手なイメージだけどな。そういうのあんだろ」

　私がゲームをしていることにふたりが引いたりしないのは、幸いかもしれない。きっと、五十嵐くんと日下さんもそうだろう。

「にしても、なあ。支援物資もなければ救援要請もできないとは。せめて現実の世界で誰か俺がいねえ、って気づいてなんとかしてくれねえかな」

　ひとりごちる村瀬くんが、椅子を勧めてくれたので彼らの近くに腰を落とした。なんだかちぐはぐなメンバーに思えたけれど、案外居心地は悪くない。三人のポジションはいびつな三角形を描いていた。

「メーデー・リレー」

「なんだそれ」

　村瀬くんのことばに応えたのか、ひとりごとだったのかわからない感じで、霧崎くんが口にする。メーデーは知っているけれど、聞きなれないフレーズだ。

　間髪いれずに聞き返した村瀬くんを、霧崎くんが一瞬見た。

「……船が遭難とか座礁とかして、自分で救援要請できないとき、代わりに近くの船が無線で助けを呼ぶ」

「へえ、お前物知りだなあ」

「父親が、船舶免許持ってるから」

淡々とした答えに、村瀬くんがふうんと相槌を打つ。

「お父さんと、仲がいいんだね」

なにげなく、私も会話に入ったつもりだった。

「……いや、どうだろう」

けれど小さな返事とともに霧崎くんの瞳に影が差した。なにかいけないことを言ったただろうかと不安が生まれるものの、それ以上応えてもらえないような気がして、口を開くことができなかった。

「その、メーデー・リレーとかで誰か助けてくれねえかな」

村瀬くんは霧崎くんの声が聞こえてなかったのか、彼の様子を気にすることなく、いつもの調子で伸びをしている。私はどこか引っかかりを覚えつつも、それにうなずいてから窓の外を見た。

メーデー・リレー。助けてと言えない代わりに、周りがそれを要請する。助けを求めている本人に手を差し伸べるのではなく、周りに助けを乞う。もしそういうことがあったなら、私ももっと違った結果があっただろうか。なんて、いまさら言えない。私は、そうやって気づいてくれるようなひとを作ってこなかったのだから。

「まあでも、今は目先の問題だ」

思考を切りかえるかのように、村瀬くんがぱん、と手を叩いた。

「腹が減っては戦はできぬ、とか言うしな」

言われて喉の渇きを思い出した。でもさほど空腹感はない。そしてここに来てからどれぐらい時間が経過したのかがわからなかった。眠っていた時間があるからなおさら。本来ならお腹が空いてもいいころ、なのかもしれない。

「腹減ってきたらどうすりゃいいんだろ」

想像すると、いやな気持ちが生まれた。幸い眠れてはいるけれど、お腹が空いてみんなのいらいらが募ったりするのはいやだった。

「時間、繰り返してるから平気な気がする」

霧崎くんが時計を見ながら言った。私も黒板の上を見る。そこにあるのは今もまだ、ずっと三分間を繰り返している時計。

「え、なに、どういうこと」

村瀬くんはわからなかったみたいで聞き返したけれど、霧崎くんは答えずになぜか自分の腕時計を見つめていた。

「えっと……つまり実際の時間は三分しか進んでないから、私たちの体内時計、も三分ぶんしか進まない、ってことかな……たぶん」

ほかには誰もいなかったので私が答える。それも合っているかどうかあやしかったけれど、訂正が入らなかったところをみると間違いではないらしい。

「でも喉渇いたり、疲れたりすっけど」

たしかにそれもそうだ。実際私は寝ていたし、今五十嵐くんと日下さんも眠っている。喉だって、渇いた気がする。

数拍無言が続いて、ようやく霧崎くんが気づいてくれた。

「精神的なものと身体の問題は違うだろう」

「気持ちの問題ってことか？」

「まあ村瀬の場合は、部活してたんだし、そもそも喉が渇いていたのかもしれない」

それ以前に今は夏だから、ここに来る前に喉が渇いていてもおかしくない、と霧崎くんは続けた。

「ふーん、お前頭いいんだな」

なるほど、とうなずいた村瀬くんのことばに、返事はなかった。

「でもさあ、腹減ってなくても食べたくなるときってあるじゃん」

それを意に介さず、村瀬くんは私に聞いてくる。言わんとすることはわかるので、否定はしない。

「疲れると、あまいものとか欲しくなるよね」

「だよな。どっちにしたって、喉は渇いたし」

「そうだね、飲みものとか軽く食べるものとか、欲しいかも」

私が言うと、霧崎くんがこちらを見た。唇がかすかに動いている。けれどなにか言っているのかどうかはわからない。彼と目が合って、そういえば私のスマートフォンにもなにかしらの着信があったことを思い出す。

確認してみようかとポケットに手を入れたところで、村瀬くんの声が聞こえた。

「なあ、あれ、なんだ」

伸びをしていたのだろう。腕を頭上に伸ばした体勢のまま、村瀬くんが私たちに聞いてくる。その視線は教室の後ろに向いていた。目線の先にあるちいさな棚の上に、箱が乗っている。なにもプリントされていない、段ボール箱だった。

「あんなの、なかったよな」

村瀬くんの問いに私はうなずく。霧崎くんもそれを確認して、ゆっくりと近づいていった。

「おい霧崎」

中身がわからないのに、むやみに開けるのは危ない、と言いたかったのだろう。不審物とはよく聞くけれど、なかったものが突然現れるなんて、まさにそのものだ。けれど村瀬くんの制止を聞かずに、霧崎くんはそのふたを開ける。沈黙。

「なんだよ、まさか変なものとか言うんじゃ」

「……食料」

「は？」

私も、見たくないようなものだったらどうしようかと思っていた。動物の死がいとか変なオブジェとか、いろんなものが頭に浮かんでしまう。しかし霧崎くんの答えはそんなものではなく、今欲しいね、と言っていたものだった。

「食べものと、飲みもの。それ以外はない」

霧崎くんがその段ボールを近くの机の上に置いた。それほど大きくない、小ぶりな段ボール。村瀬くんが駆け寄って中身をあらためる。私は遠目にそれを見てみた。

「マジ、だな。でもどうしていきなりこんなん……」

その段ボール箱の一番上にあるものを見つけてしまった。紅茶のペットボトルとクリームパン。

「乾、お前欲しいって言ったよな」

どうして、と固まっていると険しい声が耳を襲う。村瀬くんが私を見ていることに気がついていなかった。

「欲しいって言ったら、この箱出てきたよな」

「え、ええと、私」

うまく答えられない。そのふたつは、私が好きでよく食べているものだった。どうしてそれがここにいきなり現れるのだろう。

「乾、やっぱりお前、もしかして」

「村瀬、いい加減にしろ」

身体中の血が、ゆっくりと温度を失っていく。間違いなく私は欲しいと言った。そうしたらこれが出てきた。

「お前も欲しがっていただろう。乾ひとりじゃない」

霧崎くんが村瀬くんの勢いを殺してくれる。それでも私の中にふたたび出てきた黒く淀んだ気持ちは消え去らない。だって、村瀬くんは私の好きなものなんて知らない、きっと知らないはずだ。なのに今ここに、それがある。偶然と言いたいけれど、きっとそうじゃない。

「だけど、俺、さっき見たんだ」

村瀬くんの語気がいっそう強まった。

「最初に乾が倒れたとき、乾、お前半分消えてた」

「……え？」

「どういうことなのかはわかんねえけど、あのときたしかに乾は消えてたんだ」

私が消えていた。その理解ができないフレーズに、もう崩れ落ちてしまいそうだった。

もしかして私は、ここにいないんじゃないだろうか。みんなと違って、実体がないんじゃないだろうか。やっぱり、もう死んでいる、のかもしれない。

「乾、お前もしかしてもう死ん……」

「いい加減にしろ、村瀬！」

霧崎くんの声が今までになく大きくなった。それだけじゃなく、村瀬くんの首もとにつかみかかっている。

でも、霧崎くんの行動の意味とか、村瀬くんの言おうとしたこととか、そんなのどうでもよかった。ぐちゃぐちゃしたいろんな感情がすこしずつなくなって、やっぱり、という思いだけが残った。

「なんだよ霧崎、お前、なにがしたいんだよ」

つかみ返した村瀬くんの声も、いつも以上に大きく険しい。

「俺たちはここを出たい、現実に戻りたい。そのために原因を突き止めようって言ってたろうがよ」

この騒ぎに寝ていたふたりも目が覚めたみたいだ。どうした、という声が聞こえてくる。でも、私は彼らに助けを求めることも理由を説明することもできやしない。いやきっと許されない。

「お前はどうしたいんだよ、霧崎」

村瀬くんの問いに、答えはなかった。


「落ちつけ、ふたりとも」

数秒経ってから、五十嵐くんがふたりの間に入った。日下さんは私のほうに来て、身体を支えてくれる。

「弥八子、ちょっと座りな。顔が真っ青だよ」

そう言ってくれたものの、うまく身体が動かなかった。それでもなんとか、椅子に腰を下ろす。

そこでようやく、五十嵐くんと日下さんの視線が段ボール箱へと向かった。だけどふたりとも、それがなにかは聞かなかった。

村瀬くんと霧崎くんは互いに手を離して、距離を取ってから座った。五十嵐くんはちょうどふたりの真ん中に立ったままだ。彼はゆっくりとため息をつく。

「霧崎と……乾がどこかおかしいのは気づいていた」

そしてゆっくり喋り出した。私は彼らから視線を外して、自分のつま先を見つめる。

「なにかあれば霧崎が乾をかばっていた。それに気がついたのは文化祭の話のときだ。みんなで居残りをして作業した、と言っていたが、あのとき霧崎はいなかった」

誰もほかに口をはさむ気はないみたいで、静かな時間が流れてゆく。

「だけど僕は覚えている。あのときたしかに教室にはいなかったが……廊下にいただろう、霧崎」

教室の床も、自分のつま先も、なにも変わらない。当たり前だけど、その当たり前が私にはつらかった。

「教室に入ってくるのかと思ったが、入らずに見ているだけだった。すこし疑問に思ったんだ。僕はさほど霧崎のことを知らないが、ああいうときに教室に入れない人間ではないだろうと思っていた。自分の用事をなに食わぬ顔で済ませて去ってゆくようなタイプだろうと……それが、入るのをためらっていた」

五十嵐くんの言っていることは耳に入ってくる。でも私はそれも覚えていなくって、いや、そのときの彼には気づいていなくて……そもそも、霧崎くんと最初に話したのはいつだったかさえあやふやになっていた。

「霧崎は、なにか僕たちに思うところがあるのか」

思うところ。

その言い方はとてもやさしくて残酷だなと思った。この状況では、マイナスの意味にしか思えない。

だけど、違う。霧崎くんを問い詰めるのは、そもそも間違っているんだ。

ポケットが震えた。私はそれを躊躇わずに取り出す。

新着メッセージ、二件。

『あげて』

『りか』

たったそれだけのメッセージ。霧崎くんのとは微妙に違っていた。どういうことかはわからない。それに〝りか〟はなにを意味するのかもわからない。すぐ思いつくのは理科だけど、人の名前にもとれるし、続きがありそうな気もする。人の名前なら、女の子だろうか。

りかちゃん。

昔持っていた人形がりかちゃんだった。でもなにか違う気がする。女の子といえば私は幾度か女の子らしき人影を見ている。彼女がりかちゃんなのだろうか。いくら考えても、今ある情報だけではなにもわかりそうにない。

息を吸った。言いたくなかった。言えなかった。でももう、終わりにしてもいいのかもしれない。霧崎くんは、犯人ではない。

「違うよ」

前を向いて息を吐く。霧崎くんが、私を見た。

「霧崎くんはなにも悪くない」

彼に止められるかと思ったけど、そんな様子はなかった。もう、あきらめられたのかもしれない。

「私、だと思う、原因」

みなの空気が止まったのを感じる。

「根拠は」

短くそれだけ聞かれて、私はもう一度深呼吸をした。

「今日の、夕方五時半に、屋上から飛び降りた」

なんで、という声が聞こえた。予想したとおりの反応に、こころと違って、頭はどんどんクリアになっていく。

「理由を聞いてもいいか」

五十嵐くんは気づいていたのだろうか。表情も声も、驚いているように見えなかった。

「……わからない」

これ以上、うそのつきようもない。それにもうよかった。

「わからないって、そんなんで死ぬやつなんかいねえだろ普通」

「ちょっと皐次郎、やめなよ」

「いやだって、わかんねえで閉じ込められたんだったら、俺らなんなんだよ。なんかあんだろ、死にたくなった理由ぐらい」

「村瀬、落ちつけ」

理解なんてしてもらえないのはわかっていた。わからない、なんて答えたってみんな〝本当〟の理由を求めたがる。なんとなく、は許されない。だって、理解できないことが怖いから。

それでも。

「わからないものは、わからないんだよ」

「弥八子……」

「わかってたら、もっとはっきりしてたものがあったら、私はきっと違う選択をしてる。でももうなにもかもがわからない。なにを信じたらいいのかも、どうしたらいいのかも。誰になにを言ったら助けてくれるの。どこをどうしたら楽になるの。わからなくて、もういやなんだよ」

考えなくてもことばはスムーズに出てきた。今までどこにもぶつけたことがなかった不満。身勝手でわがままな気持ち。

「こんな自分が……だいきらい」

涙は出てこなかった。身体もこころも痛かったけれど、泣きたい気持ちにはならなかった。かと言って、口にできてすっきりしたわけでもない。私のこころにあるもやもやは消えることがなさそうだ。

「それでも、俺はおかしいと思う」

村瀬くんの様子はだいぶ落ちついていたけれど、自分の意見を曲げることはなさそうだった。その真っ直ぐさがほんとうにうらやましい。

「普通に生きてたら、死にたいなんて思わねえよ」

そうなのかもしれない。でもその普通ってなんだろう。毎日学校に行って、ご飯を食べて寝てを繰り返す生活は普通じゃなかったんだろうか。

わからない。それにそんな疑問、言えなかった。だってきっと、私は普通じゃないのだろうから。


「霧崎は、このことを知っていたのか」

すこし間を開けてから、五十嵐くんが霧崎くんのほうを向く。

「……ああ」

霧崎くんは私を見てから、ゆっくりとうなずいた。やっぱり見てたのは間違いなかったんだと思ったら、どこか気が抜けていった。

五十嵐くんの返事は「そうか」だけだった。もう霧崎くんが責められることがないかと思うと、またひとつ気が抜けた。

「しかし自殺とは」

そう、疑問も不満もぜんぶ私に向くべきなのだ。

「ちょっと五十嵐まで」

日下さんがそのことばの辛辣さをなくそうとしてくれるけれど、私はちょっとつらいだけだ。言えないと思っていたことを言えたら、腹がすわったのかもしれない。

「いや、勘違いしないでくれ、僕は理解こそできないものの、その選択を責めるつもりはない」

ただ、と五十嵐くんは私を見て続けた。

「どんなことであれ、その選択をしたのは乾自身なのだから、僕たちはそれが間違いだったとか正しいとかは判断できない。乾も、自分できちんと決めたことだというのはわかっているな」

自分で決めたこと。それには間違いがない。誰かから強要されたわけでもないし、なにかに感化されたわけでもない。私自身が、そうしようと思って、実行したことだ。

だからしっかりと、うなずいた。

「ではなにを迷っている」

けれど続いて聞かれたことの意味はわからなかった。それが伝わったのだろう、五十嵐くんが私に説くように話しかける。

「ここはいつも僕たちが過ごしている現実ではないが、きっと夢でもない。もとの七月四日の五時半からの続きの世界だ。つまり乾、お前は今死んだはずなのにここにいる」

「ちょっと五十嵐、もうすこし言い方ってものが」

「やさしさのつもりで遠まわしに言うならば、それは勘違いだ」

しっかり言い切られて、日下さんは黙ってしまった。でも五十嵐くんの言ってることが間違っていないことは私にもわかる。むしろはっきり言われるほうが、楽な気がした。

「死んだはずなのにここにいる。それが問題だ。自分のしたことへの後悔か、心残りか、なにか迷いがあるからここにいるんじゃないのか」

後悔か心残り。その単語にはぴんとこない。なにかあっただろうか、とすこし考えながら教室を見渡してみる。

見慣れた、いつもの教室。窓の外を見れば、青くてきれいな空。教室に目を戻せば、五十嵐くん、村瀬くん、霧崎くん、日下さんがいる。

「ごめんなさい、よく、わからない……思い浮かばない」

事実だった。隠したいことがあるわけじゃないのに、どうしてかそのことばに合いそうな感情や思い出を掘り起こせない。

でもたしかに、どうして死んだはずなのにここにいるのだろう。

五十嵐くんが言いたかったことは、よくわかる。

「ならば聞いていってていいか」

「え？」

「自殺を決意した理由も、心残りもわからない。でもこうなった原因がなにかあるはずだ。だからそれを知るために、乾がなにをどう思っているかを聞いてもいいか」

振り出しに戻った。いろんなところを経由して、結局私へやってくる。

霧崎くんが、立ち上がった。

「五十嵐、ちょっと待て」

「今度は待たない。前と違って核心に近づいているんだ」

「どうして乾が原因だと決めつけている」

「決めつけてはいない。ただ可能性がなによりも高いだけだ」

「あきらかに犯人扱いしているだろう！」

「犯人、ということばが出てくるということは、お前はこれを起こした張本人が悪いと思っているんだな、霧崎」

霧崎くんの動きが止まった。私も、ちょっとだけ心が止まった。

いままで「原因」だったものが「犯人」になると、やっぱり感じるものが違う。でもことばが間違っているわけじゃない。だって私はきっと〝罪を犯した人〟なのだから。自分の命を、自分で断った罪。

「大丈夫、私、答えるよ」

さっきすでに答えは出していた。内容は違うものになるだろうけれど、それでも、もういいんだ。

「乾、違う、お前は」

「霧崎、なにをそんなに焦っている」

だんだんと声がはげしくなっていく霧崎くんの、そのたたずまいが物語っていた。

——私を必死にかばおうとしてくれている。

だけどどうして、とも思う。もしほんとうに、見たくないものを見たばっかりに、という気持ちから派生したなにかならば申し訳ない。心苦しい。

「村瀬がさっき言っていたな、お前はどうしたいんだと。僕にも、霧崎がしたいことがわからない。ここから出たくないのか」

「俺は……」

こんなにも感情があらわになった彼を見たことがないかもしれない。意外にも思うし、普段のクールさ私の勝手な思い込みだったのかもしれないとも思う。

「五十嵐、ちょっと落ちつきなよ。霧崎だって弥八子が心配なんだよ」

今まで黙って成り行きを見守っていた日下さんが口を開いた。彼女のなかではまだ私たちの関係は続いているのだろうか。

「でも……屋上から飛び降りた、ってことは、霧崎はそれを見てたの？　ここに来る前、ふたりとも屋上にいたっていうのは……」

日下さんの疑問にはっとした。同時に口が動く。

「違うよ、霧崎くんが見たのはきっと偶然」

「そう、だよね。まさか見てたのに助けなかったとか、見送ったとかじゃないよね」

渇いたちいさな笑いが、教室に響いた。私のこころにはちいさな石が落ちる。

屋上はけして広くない。私がフェンスを乗りこえて飛び降りるまでの間に、どれだけの時間があっただろう。彼はいつからあそこにいたんだろう。それにどうして、屋上に来たんだろう。

ゆっくりと目を動かす。私の視線に気づいた霧崎くんがはっとして首を振った。私の目にも、彼が焦っているように見える。唇がかすかに動く。違う、と言っている、どうしてかそれがわかる。

なにが、違うの。

「霧崎、もう一度聞く。お前はどうしたいんだ」

落ちてきた石が、深く、沈んでいった。なにもはっきり言われたわけではない。だけど沈んだところからどろどろとしたものが湧き出てくる。

彼は、どうして、私が死ぬところを見ていたんだろう。

理由なんてたくさん考えられるはず。私が言ったように偶然屋上に来たら私がいたってこともある。そうしたら私がフェンスの向こうにいて、声をかける間もなく落ちたのかもしれない。

だけどどうしてか、黒くてきたないものが私のこころから身体に広がってゆく。ゆっくりとでも確実に侵食していって指先まで届く。

思い出した。彼はフェンスのこちら側にいた。内側からフェンス越しに私を見ていたのではない。フェンスを乗り越えたところ、私が立っていた場所に、霧崎くんも立っていたんだ。

「俺は、ここから出たくない」

私がその映像をありありと思い出したと同時に、霧崎くんがはっきりと言った。顔を見れば、とても堂々としていた。
どうして、そんなに——。
その瞬間、窓の外を黒い影が落下していった。

5. きえない。

「おい……今の、なんだ」

窓に背を向けていた霧崎くん以外の全員が、それを目にした。

「人間……じゃないよな」

村瀬くんの顔が青ざめていた。日下さんも、同じように固まっている。

五十嵐くんがはや足で窓に近づいていった。一応窓を開けてみようとしたものの、やはり開くことはなかった。その代わり窓に額をつけて下を見る。教室は二階だから、窓が開かなくても見えるかもしれない。

「……なにもない。見間違いだろう」

外を見たままの体勢で、五十嵐くんが静かに言った。

「いや、見間違いって、お前ら見ただろ」

そう問われて、私と日下さんは目を合わせる。彼女は見たけれど信じたくないような雰囲気を漂わせていた。それが答えだった。

たしかに、見た。落ちるものを。

そしてそれはひとに見えた。いや、私自身に見えた。思わず時計を振り返る。

五時二十七分。ということは飛び降りたのは五時半だろうか。

怖かった。もし、今落ちていったのが私ならば、このことになんの意味があるのだろう。それでも、確認せずにはいられなかった。

ゆっくりと窓に向かう。五十嵐くんに止められるかと思ったけれど、彼はなにも言わずに私を見ていた。

五十嵐くんの横に立って、下をのぞく。そこには彼が言ったとおりなにもなかった。けれど、子どもがいた。あの、廊下に見かけた子どもが立っていて、こちらを、私を見上げている。

驚いて、窓から勢いよく離れてしまった。案の定、みんなが私を見ていた。

「お、おい乾、どうした、やっぱり……」

五十嵐の言ったことはうそなのか、と聞かれるも、すこしの間、答えることができなかった。りかちゃん？　不意にそう思って、違うと首を振る。頭が、なにも見ていないと否定したがっていた。

動かない私を疑問に感じたのか、霧崎くんが窓の外をのぞきに来た。心なしか唇に血の気がなかった。

「大丈夫だ、本当になにもないし誰もいない」

落ちついた声でみなに伝える。そのあと、私に向き直って遠慮がちに、すこし神経がたかぶっているんだろう、と言ってくれた。霧崎くんには、あの子どもが見えていたのか否かは、確認の取りようがなかった。確かめるのも、怖かった。

どういうことなのか、わからない。今までそんなの見えていなかったのに、突然、窓の外に落ちる私が見えるなんて。いったいなにを意味しているんだろう。なにが言いたいんだろう。あの子どもは誰なんだろう。

「弥八子、大丈夫？」

まだ動けなかった私のそばに、日下さんが駆け寄ってきてくれる。声がうまく出そうになかったので、首を縦に振った。

「ね、せっかくだからさ、それ、食べようよ」

不安や恐怖、疑心が混ざったような空気をかき消そうとしたのか、日下さんがやけに明るい声で言った。でも、その顔は強張っていた。彼女こそ大丈夫か、と思ったら、私を見てにっこりと笑ってくれる。

「食って大丈夫か、これ」

「平気でしょ。やばいと思ったらやめればいいんだし」

「やめればいいってお前、ひとくちめでアウトだったらどうすんだよ」

「そんなさ、敵意ないって」

日下さんの笑い声に、村瀬くんが止まった。きょとんとした、に近い。

「だってさ、仮に弥八子がなにかしら思って私たちを閉じ込めたんだとするじゃん。それって、この恨み晴らしてやる……的な展開だと思う？

「え、あ、いやあ、乾だしなあ……」

「もしそうなら、もっとはやい段階からアクションあると思うし」

「本人自身が、忘れている、という可能性もあるが」

「わー、やっぱり五十嵐って辛辣。大丈夫だって、平気平気」

恐怖を打ち消すための笑顔だと思っていた彼女の顔が、そんなことを感じさせない、きれいな微笑みで私を見る。

「だって、私は弥八子のこと信じてるもん」

信じてる。そのことばが心地よい風のようにやってきた。一瞬、なにか違う単語と間違えているんじゃないかと思うぐらい、彼女の声に淀みはなかった。

「正直、日下が乾とそこまで親しかったとは認識していないんだが」

もぞもぞした、気持ちの悪いものが一気に身体から消えていくようだった。

「まあ、高校入学してからだし、いっつもひっついているような関係じゃなかったけど」

「なんで」

考えるより先に、声が出た。

「なんでそんなふうに、簡単に言えるの」

日下さんがにっこり、自信たっぷりに笑ってくれる。

「いけない？」

そしてそれだけ言った。回答にはなっていない。私はその理由が知りたかった。なのに彼女が答えたのはたったひとこと。

私の身体のあちこちが、ぱちぱちと弾けてゆく。それがやがてひとつの大きな塊になって、勢いよく、破裂する。

きらきらした光が、彼女の周りから私にちょっとだけ移ってきたみたいだった。その光にまとわれて、私は、泣いた。

自分でも驚くぐらいの大きな粒の涙が、ぽろぽろとこぼれてゆく。だんだんと胸の奥が熱くなってきて、それが喉の奥から外へ出てゆく。

「泣け泣けー。すっきりするまで泣いてしまえ」

日下さんがそう言って、私の肩を抱いてくれた。手でぬぐってもぬぐっても追いつかない涙が、制服に、床に次々と落ちてゆく。

それを見たからか、村瀬くんがおずおずと布を差し出してくれた。

よく見たらそれはカーテンで、汚れてるし色褪せてるし金具もついているんだけど、ほかになにもない中持ってきてくれたのがうれしくて、そして恥ずかしくて、カーテンにくるまって、大きな声で泣いた。

誰もなにも言わず、好きなだけ泣かせてくれるのが、とてもうれしかった。十五年の人生のなかで、久しぶりに、泣いた。

どれぐらい泣いていたかはわからないけれど、私が泣きやんでから、段ボール箱の中のものを食べることにみんなで決めた。難色を示していた村瀬くんも、今度はさすがにもうなにも言えなかったみたいで、日下さんから渡されたペットボトルのふたを開けて一気に飲み干していた。なんだか少し、申し訳なかった。

「乾、これ」

みんなでなにを食べようかと段ボールの中をあらためていると、霧崎くんが私にペットボトルと菓子パンを渡してくれた。

「え、あ、ありがとう」

私の好きな、紅茶とクリームパン。一番上にあったから渡してくれたのだろうか。

「……食べてるの見たことあったから」

疑問が顔に出ていたのだろう。ちいさな声だったけれど霧崎くんが説明してくれた。たしかに教室でよく食べていたかもしれない。そこから好物と判断して渡してくれたということだろうか。

やさしいんだな、と思った。こういうとき、好きなものを選ばせてよ、と思うひともいるかもしれないけれど、今この状況でそのひとの好きなものを渡すという行為は、とても気遣いにあふれている気がした。

それと同時に、霧崎くんもけっこう、他人を見ているのかもしれないな、と思う。

それに比べて私は彼らをほとんど知らない。クラスメイトという関係以上のことは、表面上のこと以外はわからない。それって当たり前なのか、恥ずかしいのか、今までの私ならそれが普通だと思っていたかもしれないけれど、今の私はすこし、もったいなかったなあと感じている。

「弥八子、隣いい？」

日下さんがオレンジジュースとカレーパンを持ってきて隣に座った。もちろん、とうなずくとはんぶんこしよう、と彼女がカレーパンの袋を開ける。私も、クリームパンの袋を開けて、ちょうど半分になるように割った。

「さっきはさ、適当なこと言いやがって、って思わなかった？」

半分になったパンを交換する。よく見る購買のカレーパンなのに、今はなんだかずしりと重い。

「さっき？」

「うん、弥八子のこと信じてるって」

「適当なこととは思わなかったよ」

「そう？　ほんとに？」

「うん、ほんとうに。でもどうしてなのか不思議だった」

私がそう言うと、日下さんはだよね、と笑い声を上げた。そしてペットボトルのふたを開けて、オレンジジュースをひとくち飲んで、首を傾る。

「気になるよね、理由って」

私も紅茶を飲もうとして、口をつける前に止まってしまった。

理由。たしかに私はそれを彼女に求めていた。

「当たり前だよ、だってわけわかんないのって気持ち悪いし怖いもん」

自分で、理由なんてないことだってある、と思いながら、周りにはそれを求めていた。身勝手で、矛盾していて、恥ずかしい。

「だからさ、皐次郎のこと許してやって」

日下さんはそう言って村瀬くんを見た。

三人の男子は、会話が弾んでいるように見えなかった。微妙な距離感を保って座っている。でもそれがけして、悪くも見えない。

ああいうのを見ると、男子ってうらやましいなあと思ってしまう。私が教室でひとりでお昼ご飯を食べていたら、その瞬間、みんなからの評価が変わるだろう。

「大丈夫、村瀬くんのこと別に……いやになったりしてない」

死んだ理由を求められて、反発心はすこしあったけれど、かといって怒りたくなったり、泣きたくなったりはしなかった。そういうふうに言われて当然、と思っていた。

「でもさ、私ははっきりした理由なんてなくてもいいと思ってる」

カレーパンを頬張りながら、日下さんが私が思っていたことと同じことを言った。

「たとえばさ……んー、私って五十嵐のこと苦手、って思ったとするじゃん」

名前を呼ばれたからか五十嵐くんがこっちを向いた。それに日下さんが「たとえだってば、たとえ」と笑う。

「じゃあなんで苦手か、ってしっかり考えること、あんまりないと思うんだよね。もちろんきっかけがある場合もあるけどさ。でもこう、感覚的に私は合わないな、っていう曖昧なやつがある」

言いたいことはすごくよくわかるから、私は首を縦に振った。

「だけど、きっとちゃんと自分の経験則で考えてるんだと思う。たとえば、横柄な物言いがきらいとか、態度がでかい、とか」

そのことばを聞いて、なにを、と五十嵐くんが立ち上がりそうになった。それに気づいた日下さんが、すぐさま笑顔で言う。

「だからたとえだってば、五十嵐」

たとえる相手を今ここにいる人間の中から選ぶ日下さんが、ちょっとすごい、というか変わっているなと思ってしまった。

だっていくらたとえでもさすがに気になるだろう。とくに今ここには五人しかいなくて、物音もほとんどしない。よっぽど注意をして声をひそめて話さないかぎり、会話なんて意図せずとも全員の耳に入ってしまう。

「そういうのをね、瞬時に計ってなんかきらい、になると思うんだ。その感覚は、大事にしていいと思う。はっきり理由がわからなくても、自分の中ではわかってるんだよ」

でもね、と日下さんは続けた。

「単なる思い込みかもしれない。勘違いかもしれない。だって、自分の経験でしか判断してないんだから」

さらりと言われたことばは、私の中のなにかをはぎ取るのに充分だった。いつのまにか着込んでいたものを、むりやりではなくいいからいいから、と言わんばかりに脱がしてゆく。

北風と太陽みたいだった。もちろん、日下さんは太陽。北風は、世間、かもしれない。

「それをね、ほんとうは想像力で補っていければいいんだろうけれど、むずかしいよね」

こんな、ストレスがたまるような状況なのに、日下さんはにっこり笑って話してくれる。

そんなこと、考えたことがなかった。理由がはっきりしない感覚的な感情を、そん

なふうに意識したことがない。ただ私はずっと、なんとなくやだ、わからないけども
う駄目、とだけ思っていた。

　もしそれが私の十五年間の経験だけでの判断なら、とても不安定で不確かなもの、
というのもよくわかる。だってどう考えても、私の経験値なんて学校と家ぐらいでし
か培われていないのだから。しかも学校だって、教室ぐらいしか私の行動範囲はない。

　そんなふうに私があれこれと考えていると、日下さんと五十嵐くんの会話が続いて
いた。

「だから、たとえだから。思ってないから、ほんと」

「いや、ただ単に意外に思っているだけだ」

　日下さんが持っていたカレーパンを頬張りながら口を尖らせた。

「私みたいな馬鹿っぽいやつがこんなこと考えてるなんて？」

「いや、そういうわけではないが」

「意外ってことはそういうことですよ、五十嵐くん」

　茶化されて五十嵐くんの顔が困惑の色を浮かべた。図星だったんだろうか。

「ちょっと皐次郎、私のこのギャップの理由を教えてあげてよ」

「んなっ……そこで俺に振んな」

　飲み終えたらしいペットボトルで遊んでいた村瀬くんの手から、それが落ちて転が

った。ころころと進み、霧崎くんの足もとで止まる。霧崎くんはゆっくりとした動作でそれを拾った。

「村瀬くんが知ってるの？」

素朴な疑問のつもりで私は口にしたのだけれど、どうしてか村瀬くんががっくりとうなだれた。それを見て日下さんがけらけらと笑う。

「知ってるもなにも、張本人」

「え？」

「私をいじめていたメンバーのひとり」

いじめ、のことばにみなが固まった。けれど日下さんは「過去の話だよ」とあっけらかんと言う。

「小学生のころね、いじめられてた。私すんごい太ってたんだよね。それにはっきり言って暗かった。だって笑ったって馬鹿にされるんだもん、相撲取りが笑ってるって」

五十嵐くんは眉根を寄せた顔でこちらを向いていた。霧崎くんには背中を向けられていた。でも日下さんの話を無視しているような雰囲気はなかった。村瀬くんは、思い出したくない過去という感じで頭を抱えている。

「今思えば、そんなの無視して突っぱねてればよかったんだと思う。でも当時の私ったら超真面目でさ、全部本気で受け止めちゃってて。そんなんだからそのうち学校に行くのがしんどくなって」

彼女の手のオレンジジュースがたぷん、と音をたてて揺れた。

「でもさ、行きたくないなんて言えないじゃん。いじめられてるのが親にバレるもん。それだけは絶対いやだって。あれ、なんでだろうね。今でも不思議」

けして忘れられない記憶を、すこしずつ掘り起こして喋る彼女が、とてもまぶしかった。明るい話題じゃないのに、それを笑いながら話す彼女の強さが、はっきりとわかる。

「だから頑張って行ってた。なるべく誰の怒りにも触れないように、ひっそりと息して、教室の隅で時間がはやく過ぎるのをとにかく祈ってた」

そこでふう、と彼女がため息をつく。ただそこに、負の感情はない。

「でもね、あるときいきなりお母さんに言われたの。最近なんか無理してない？　って。まああとから聞いたら、どうもテレビで子どものストレスについてやってたらしくて、ちょっと聞いてみた程度だったらしいんだけど。まあ、私はそんなんだから、もう号泣。お母さんも突然のことに大慌てで」

誰も口をはさめなかった。はさみたいと思わなかった、が正しいかもしれない。それぐらい、変な話だけれど彼女はとてもいきいきしていた。

「まあそれで話したのね。自分から話したというよりは尋問っぽかったけど。そしたらお母さんがいきなり、転校しよう、って言ったの。もうほんと、いきなりすぎて私意味がわかんなかった」

　話の節々で、日下さんが私を見て笑ってくれる。私は平気だよ、だからそんな顔しないで、って言われているみたいだ。

「でもさ、それって逃げるみたいじゃん。それがいやで反対したんだよね。だけどお母さんはあっさり言ったよ。逃げてなにが悪いの、ほんとうにいけないのは、逃げる勇気がないことよ！　って。私、ほんと、このひとなにを言い出したんだろうって、当時は理解できなかった」

　ほんとうにいけないのは、逃げる勇気がないこと。日下さんのお母さんが言うフレーズがとてもよい響きを携えていた。私は口の中でそれを繰り返す。ほんとうにいけないのは、にげるゆうきがないこと。

「んで、お父さんもなんか乗り気で、引っ越しが即決定。まあお父さんの仕事の関係と、私と違って学校生活を満喫していた弟がしぶったから、遠くにはいかなかったんだけど。でも学校が変わって、友だちが変わって……あれは私にとって転機だったと思う」

　ふふふ、と彼女が笑った。つられて私も笑いそうで、でも笑っちゃいけない気がして紅茶をひとくち飲んで抑えておく。すこしずつ気持ちが浮上してくるのがわかった。

「だけどね、もちろんタダで転校ってわけじゃなかったよ。お母さんは私に、いじめられる原因はなんだと思うかって聞いてきた。それこそ最初はわかんない、だったけど、いろいろと質問されているうちに答えが突き詰められてゆくのね。で、太ってることと暗いことって答えが出た。そうしたら、じゃあダイエットしましょう、って。あと明日から毎日ひとりには笑顔でおはようを言いなさい、って。次の日、お母さんは私の髪をきれいに結ってくれて、おいしいご飯を食べさせてくれて」

今の彼女からは想像がつかない過去。日下さんは毎朝笑顔で、私なんかにも名前を呼んで挨拶をしてくれる。こんなひと、ほかにはいない。

「転校するまで毎日、今日が最後だと思って行ってきなさい！　って見送られたよ。おかげで不登校にはならなかった」

「かっこいい、お母さんだね」

ようやく、私の口からことばが出た。素直にそう思った。

勇ましいというか判断力があって、子どものことをなによりも一番に考えているお母さん。たとえ家族だって、自分の幸せの一部を犠牲にするのはつらい。でもこのお母さんはきっとそれを犠牲とは思っていないんだろう。

ありがとう、と日下さんが微笑む。彼女もきっと自分の母親を誇りに思っている。とても、うらやましかった。

「あのときから私は、ほんとうにつらいときは逃げよう、って思ってる。逃げて、逃げた先で頑張って、いつか振り返ってやろうって。逃げるが勝ち、ってほんとうだよ。無駄な消耗戦をするぐらいなら、さっさとあきらめるのが一番」

逃げる。そんな選択肢、ありなんだろうか。私だって、最後には結局自殺という逃げを選んだのかもしれない。だけど彼女の言う逃げると、私の選んだ結果は、まったく別のものに思えた。

「それでそのいじめていたグループの中に村瀬がいたんだな」

日下さんの話が一段落したところで、五十嵐くんが口を開いた。そのことばに、村瀬くんが顔を上げた。すっかり真っ赤になっている。

「そうそう。最初に聞いたでしょ、幼少時は病弱だったって。でも小学校のときは、ガキ大将に近かったよ」

「ほんと悪かったって……身体が丈夫になったもんでチョーシ乗ってたんだよ……」

「お前がそんなやつだった、というのは、まあ想像ができるな」

「五十嵐……きびしいこと言うなよ……」

「だが事実だろう」

「はい、事実です……」

五十嵐くんの声にどんどんしぼんでゆく村瀬くんがおかしかった。いや本人からしたらそんな話ではないのだろう。でもその様子から今では反省しているのがよく伝わってきた。

「入学式で互いにびっくりしたもんね。でも皐次郎ったら、そのとき人目もはばからずいきなり土下座してきてさ。もうこっちが恥ずかしかったっつの」

逃げてしっかり見返してやったよ、と日下さんはきらきらした笑顔を見せてくれた。

「情けはひとのためならず、っていうでしょ。ここで皐次郎を許せば、いつか私に返ってくると思って」

「お前……そんな理由で……」

「なにか言った、皐次郎」

「いえ、なんでもありません」

村瀬くんは、彼女が転校したあとに気づいたのかもしれない。自分たちがやってきたことの意味を。そしてそれをずっと悔やんでいたのだろう。

じゃなければ、小学生の日下さんと、痩せた女の子の姿を見て、すぐに同一人物だと気づかなかったと思う。

「だからね、私のそんな経験値から、弥八子は信じても大丈夫、って判断してるんだよ」

急に名前を呼ばれて、びっくりしてしまう。

「あと覚えてないかもしれないけど、入学したてのころ」

入学したてのころ、もなにもまだ三ヶ月しか経っていないのだけれど、なにかあっただろうか。

「体育の授業が終わってさ、タオル忘れてきたのに気づいて。でもまあ、汗ふきたいぐらいだったしいっかって思ってたら、一枚貸してくれたの。二枚あるからどうぞ、って」

「え、普通じゃね？」

「普通じゃないよ、ほとんど喋ったことのない子に物を貸すなんて、女子の間じゃ滅多にない」

そんなことあっただろうか。たった三ヶ月前の記憶なのに覚えていない。必死に記憶を掘り起こす。

「あ、思い出した。日下さん、わざわざお礼にってお菓子までくれて」

「おー、それそれ。そういう積み重ねもあるんだよ、弥八子とたいして喋ってなくても」

女子ってわかんねえな、という村瀬くんの声が聞こえた。それに対し日下さんがだから彼女ができないんだと茶化す。いろんなことがあった教室の色が、今は明るいものに彩られていた。

「なんで、忘れてるんだろう」

だけど私のこころには、同時にひとつの疑問も浮かぶ。文化祭の準備のこともそう。ついこの間のことなのに、私はずいぶんと多くの事柄を忘れている気がする。

「毎日、緊張してるんだろう」

私のひとりごとに五十嵐くんが答えてくれた。

「きっと毎日、乾は自分自身のキャパシティを越えて生活しているんだ。ほんとうはそれをうまく処理するなり、誰かとわけ合うなりしたらいいんだろうが、それが下手なんじゃないか、乾は」

「おお、いいこと言うじゃん、皐次郎なんかと違って」

「いやそこで俺を引き合いに出すなって」

「村瀬はそういうところは器用そうだ」

「そういうところは、ってなんだよ、そういうところは、って」

たしかに毎日受けるなにかを、私はうまく処理できている気がしない。誰かとわけ合うなんてもってのほかだ。でもそれは、下手なだけなんだろうか。

「僕も、下手だったからな。なんとなくだが、乾のその気持ちはわかる」

意外なことばに彼を見る。あいかわらず、笑顔は見せてくれないけれど、その顔はけして怖くない。

「五十嵐は想像つくのかあ、優等生であるがゆえの葛藤、みたいな」

「褒めことばと受け取っていいか」

「ええ、どうぞどうぞ」

優等生であるがゆえの葛藤が、私にはちょっと想像がつかなかった。でも、ドラマとか漫画とかでよくありそうな雰囲気はする。私には私なりの葛藤、優等生には優等生なりの葛藤。

「毎日いらしてたさ。最初に日下に言われたとおり、周りは馬鹿ばっかりだって思ってた。驕っていたんだろうな……ただ家が病院だというのは心底きらっていたし、それを継ぐことを当然とされていることにとにかく反発心を覚えていた」

「今は、そんなふうに見えない」

つい私が口にすると、そこではじめて五十嵐くんがはにかんだ。一瞬だったけれど、照れくさそうに笑って、眼鏡のブリッジを押し上げる。

「そうだな、僕はそんな僕を捨てることができた。それができたのは、ある少女のおかげだ」

「もしかして彼女？」

すぐさま食いついた日下さんを、村瀬くんが呆れた顔で見る。

「違う、僕より年下の、入院患者だった。母親に言われたんだ、たまに遊んであげてくれって。なんでそんなことを言われるんだと思ったら、まあこの街の、とある有力者の孫だった。もちろんいやだったから行かなかったが、やがて祖父から命が下った。だからしかたなしに会いに行っていたんだ」

日下さんの期待はすぐに否定されたけれど、だからといってどうというわけではないようだった。入院患者、というところに特有の匂いを感じ取ったのかもしれない。

「最初は面倒だったし、入院しているとは思えないほど元気でうるさいし、僕はほんの数分そこにいるだけだった。それでも彼女は僕が来ると喜んで、いつも自分が持っているぬいぐるみや絵本のことを説明していた。だんだんとそれもうるさくなって、ある日僕は彼女にスケッチブックと色鉛筆を買っていった」

やっぱりみんな黙って聞いていた。話の続きが気になるのもある。だけどどことなく、これは話すひとのための時間なんじゃないかと思えてきていた。

「彼女は案の定喜んで絵を描きはじめた。これで静かになるし、きっと僕もいらなくなるだろう、そう思ったんだがまあそんなわけもなく、彼女は僕になにか描いてくれ、とせがみ出した」

五十嵐くんが自分の両手を見つめている。

「なにかと言われても困る、と断ると、じゃあ外の世界のもの、と言い出した。私がもう見ることができない、外の世界のものならなんでもいいと。それを聞いて、彼女は病気が治らないと信じているんだと思った。そんなわけがない、お前は馬鹿なんじゃないか。唐突にそう思えてきて、だったらなんでも描いてやろうと思った」

その両手がぐっと握られる。

「犬も猫も花も、風景も乗り物もなんでも描いた。彼女はそのたびに喜んでくれて、スケッチブックはすぐに埋まった。そして彼女はそれを大事そうに抱えて言ったんだ、こんなに絵が上手なんだから将来は絵描きさんになるの、と。僕はすぐさま否定した。なれるはずがない。医者になる将来は決まっていた。だけど彼女は何度説明してもなんで、と聞いてくるんだ。どうしてなれないの、誰がなれないって決めたのって」

長いため息が聞こえた。

「お兄ちゃんはお医者さんになりたいの？　そう問われたとき、そんなわけないだろう、と思わず怒鳴った」

涙は出ていなかったけど、こころが泣いているのがわかった。だからこの話の結末が予測できてしまって、私は胸が痛い。きっと彼も、その胸の痛さを口にすることがとてもつらいだろう。

「次の日、彼女が死んだ。彼女は自分がもう死ぬことを、ほんとうに知っていたんだ」

それでも彼ははっきりと自分の口でそれを言う。過去に向き合うように、その少女と向き合うように。

「知らされて、彼女の両親に会いに行くと、手紙を渡された。スケッチブックは、一緒に入れてあげたいと言われて、うなずくことしかできなかった。手紙は」

もう一度、長い息が吐かれる。

「わたしはがっこうにいってなくてばかだから、おにいちゃんのいいたいことがわからなかったかもしれません。ごめんなさい。でもわたしはおにいちゃんのえがだいすきです」

手紙の全文なのだろう。ひとつひとつのことばを噛みしめるように彼が言う。彼は繰り返しそれを読んできたのかもしれない。

「下手な絵も添えられてな」

そうちいさく笑ったけれど、下手なということばに愛情があるのはよくわかった。握られた両手の力が抜ける。

母と過ごした病室を、母のいなくなった病室を思い出す。

死を間近にしたちいさな病室で、母はいつも窓の外を見ていた。私が摘んできた野花を瓶に飾って、窓を開けて風を浴びながら、かすかな声で歌っていた。母がいなくなったベッドには、ちいさな青い花と瓶だけが残っていた。

「ひとりの少女の命をもってして、僕はようやく一番誰が馬鹿なのか気づいたんだ。僕はその馬鹿な自分を捨てた。もう二度と、驕らないようにと、捨てたんだ」

捨てる、という表現が不思議だった。自分を捨てる、なんて考えたことがない。

でももしかしたら、私も自分を捨ててきたのだろうか。

そう言われると、さよならしてしまった私の部分はあるのかもしれないと思う。歳を取るにつれ、自分のどこかが欠けていくのか、昔とは違うことをすこしずつ思い知らされることがある。

五十嵐くんは、自分のいやな面を捨てたと言う。それはきっと成長につながるのだろう。うらやましくて、憧れる。誕生日が来たのになにも成長していない自分はなんなんだろう。

「それから絵に逃げた。現実逃避のひとつだったのは嘘ではない。最初はつらかったんだ。ひとつの命が目の前から消えたことがかなしかった。やがてそれを家族に見つけられ、反発心も加わってそれまで以上に描き出した」

五十嵐くんはこれでおしまい、といった雰囲気で肩で息をした。それが合図だったかのように、みんなもゆっくり息を吐く。

「ちっともくだらなくなんかないよ」

すこし間を置いてから言うと、五十嵐くんがなにがだ、と問うてくる。

「ええと、さっき、家族にくだらないことにうつつをぬかすなって言われるって」

私のことばに五十嵐くんも思い出してくれたようだった。ああ、とうなずいてからありがとうと礼を言ってくれる。

「いい逃げ道じゃん。自信持ちなよ、五十嵐」

日下さんのことばには答えなかった。その代わり照れたようにはにかんで、すぐに横を向いてしまった。

「捨てた、か」

ふと霧崎くんがひとりごとのようにこぼした。一番近くにいた村瀬くんがすぐに聞き返したけれど、彼は数秒おいてから「なんでもない」とだけ答えていた。その顔がどこかさびしげに見えたけれど、はっきりとは言えない。さびしい、とも違うかもしれない。表情を読みとるのは難しい。

「霧崎はなんか逃げたりした？」

その表情を見てか、日下さんが明るい口調で言う。あえてそうしているみたいだったけれど、逃げたりしたかと聞くのはなかなか新しい。

また数秒、時間が開いてから霧崎くんが息を吐いた。表情はさっきよりも暗く見える。

「逃げたいことだらけだろう」

ただそれだけ、はっきりと言われたけれど、まるでみんなの同意がそこに含まれているかのような物言いだった。人生なんてそんなものだろう、と。だからか誰もその話には続きを作れなかった。ゆっくりと時間が共有されたただけだった。

きっといつもの学校生活だけだったら聞かなかったであろう話。五十嵐くんも、日下さんも傷ついたからこそそした成長があったんだろう。村瀬くんだってそうだ。きっと彼も弱い自分に向き合って、傷つきながらもここまで来た。

では私はどうだろう。そんな経験、あるんだろうか。私だって母の死を乗り越えてきたはずだ。だけど、だけどそれで成長した部分ってどこだろう。

私にはなにもないかもしれない。だってもしそれがすこしでもあったのなら、彼らみたいにきらきらしたものを持てたのなら、きっと私は自ら死ぬなんてこと、しない。


「みーやーこ……弥八子！」

みんなの話に聴き入って自己嫌悪に陥って、私ってほんとうに駄目だ、と思っていたら名前を呼ばれていることに気がつかなかった。

「くらーい顔してる。変なこと考えてたんでしょ」

日下さんがどんよりした表情をしていた。私の真似らしい。そんなに顔に出てるのかと思って、居ずまいを正す。

「なになに、言ってみな、どんなことでもいいから」

「いや、別に」

まさか自分が成長できてないなんて、情けなくて言えなかった。首を横に振ると、村瀬くんに笑われた。

「乾の気持ちはすげーわかる。だってこんなふたりに言ったら一刀両断されそうだもんな」

そう言われてみてはじめてたしかに、と納得したけれど、私にとっては村瀬くんだって充分そのメンバーに入る。みんなちゃんと実績があるから、私の話なんて聞いたってまどろっこしいだけだろう。

だから話せない。そう思ってもう一度首を振る。

「乾は、ちょっと勘違いしているな」

すると今度は五十嵐くんに言われてしまった。

「僕も、日下も、まあ村瀬も、なにかしらきっかけがあって、自分というものを多少変化させてきたんだと思う」

「まあ、ってなんだよ、まあって」

「だがそのきっかけは自分でつかんだものじゃない。誰か他人がくれたものなんだ」

スルーかよ、という声も無視して続けられたことばは、私のこころに新しかった。

「ひとはひとりでは生きられない、とはよく聞くが、物理的な問題ではないと僕は考える。僕たちは他人がいなければ、きっと成長できない。その悦びもわからない」

村瀬くんの顔はやっぱり気むずかしそうで、声もいつものよくとおる、しゃきっとしたものだった。でも言っていることは、とてもあたたかくてやわらかい。

「乾は自分でなんとかしなければと思っているんじゃないか」

だからなのか、そのことばは私をやさしく包んでくれた。自分ひとりでなんとかしなければならない、なのになんにもできない。ずっとそう思ってきた私には、受け止めきれないことばだった。

「弥八子はさ、なんにでも一生懸命だから、逃げるっていう選択肢がなかったんだよ」

それがすこしずつ身体に染み込んでいくと、ふつふつと感情が生まれてくる。

「頑張らなくていいんだよ、逃げておいで」

みんなここにいるから。

そう言われた途端、湧いてきた感情は大きな塊になって、卵のようにぱりんと割れた。私は大きな声をあげて泣いた。こぼれる涙も、鼻水も気にせず、ただただ泣いていた。

泣かせてもらうしあわせを味わう。私は情けなくてちっぽけで、なんにもできない人間だけど、彼らのそばにいれるのなら、それでもいいのかもしれない、と思う。そしてこのあたたかさがずっと消えなければいいのに、と願う。

6. みえない。

すこしずつ涙も減ってて、落ちついてきたころ、ようやく私は自分のことを話すことができるようになった。

母親が死んでいること、そのあとに父親は再婚したこと。その義理の家族とうまくいっていないこと。父親が単身赴任になってしまって、私の居場所が家にないこと。

でもやっぱりなによりもいやでしかたがないのは、自分が情けないこと。

「誕生日がきたけど、なにも変わってない」

愚痴のようにこぼすと、霧崎くんが私を見てきた。なにか言われるわけではないけれど、じっと私を見つめてくる。

「もう十六歳になるのに、なにも、先が見えない。どうしたら、うまくゆくんだろう。来年の今頃も同じこと思ってるのかなって想像すると、怖かった」

その瞳に圧倒されることはなかった。彼らが告白したのを聞いていたように、私の告白も黙って聞いてくれる。私がどんなに言い惑っても、ためらっても、その態度は変わらなかった。それがとてもありがたくて、私は素直に話すことができる。

「なんかさ、迷子みたいだよな」

私の話に区切りがつくと、村瀬くんが腕を組んだ体勢で言った。

「迷子って、あんた話飛躍しすぎじゃない？」

たしかに唐突な話題だなとは私も思う。きっと私の話を受けてのことなんだろうけれど、どこか迷子につながるようなところがあっただろうか。

「いやほら、迷子になるとさ、先行き不安になるっつーか」

「先行き不安て」

「このまま家に帰れなかったらどうしようとか思うだろ」

「いやそうだけどもさ」

村瀬くんと日下さんの会話を聞いていると、テンポって大事だなあと思う。今感じることとじゃないだろうけれど、そう思わせてくれるふたりの余裕はありがたかった。

「村瀬が言いたいのは、道がわからない不安感じゃないか」

そこに五十嵐くんのぴりっとした声が加わる。

「目の前に道はたくさんあるのに、どれを進めばいいのかわからない。選ぶ材料がない。また間違えたら、もう戻ってこれないんじゃないだろうか。その状況が、乾の感じているものに近いのではないか」

「おお、さすが五十嵐」

そういうことが言いたかったんだよ、と村瀬くんに確認されるも、うなずいていいか迷ってしまった。

迷子、なんだろうか、私は。道の行く先が見えないことを不安に思って、動いたり、動くのをやめたり、うずくまったり。

そういえば、迷子になったことがあったな、と思い出す。そのときの不安感も一緒に胸に広がってゆく。なんとかなる、と強気に思っていた自分と、どうにもならなかったらどうしよう、と弱気になっている自分。そのふたつが混在して不安定になりながら歩いた道。あのときは誰かが助けてくれたっけ。

今の私とは違う。私は歩かなかった。先がわからないからとその場に留まった。なんとかなる、なんて思えなかった。

そう考えたら、村瀬くんや五十嵐くんが言うほど、いいものではない。

「でも迷子なら、道を教えれば解決するよ」

日下さんの明るい声が響く。

「道がわからない、って言えればいいんだよ」

わかりやすい話だ、と言われた気がした。けれどそれすらもできなかったらどうしたらいいのだろう。今さっき、私はそれを口にしたけれど、後の祭りにひとしい。本当ならば、もっと先に言えていたらよかったことだ。

メーデー・リレー。霧崎くんが教えてくれたことばが頭をよぎる。他力本願と言われればそうだけれど、そういうひとがいたらよかったのかな、といまさらながらに思う。

すこしの間、沈黙が生まれた。私が黙っていたからかもしれない。

「学校でなにか問題があったわけではないのか」

話が進まないと判断したのか、五十嵐くんが口を開く。

「学校……はとくにない、かな」

「んーだよなあ、いじめ……とかないと思うし」

「まあ本人たちがいじめと自覚してないのが一番質わるいけどね」

「ぐ……わかってるよ」

ほんとうに、学校にはいやなところはあまりない。村瀬くんの言うように、クラスでいじめられている自覚もない。

たしかに、いわゆる女子グループの中にいることはすくないけれど、それでも一緒にお弁当を食べたりする子もいたし、授業の班決めなんかに困ることもなかった。

日下さんのことばを借りれば、私は間違いなくランクは最下位レベルだけれど、それがいやだと思ったことは、ないかもしれない。他人にはおかしいと思われるかもしれない。でも、それが相応で当然だと思っていた。

「そうか……」

なにか納得いかないような五十嵐くんに、日下さんがどうしたのかと質問する。

「いや、学校でなにか問題があるのなら、教室に閉じ込められたのもなんとなくわかるか、と思ったんだが」

違うのか、と腕を組んで首をひねる。そしておもむろに、霧崎くんのほうに身体を向けた。

「さっきからずっと黙っているが、霧崎はどう思う」

そういえばしばらく彼の声を聞いていない。ずっと背中をこちらに向けたままだった。どうしたのだろう、と様子をうかがっても、反応がない。

「霧崎、どうかしたか」

怪訝に思ったのか五十嵐くんが立ち上がって近づいていった。

「おい、霧崎」

そして右肩をぽん、と叩く。

「え、あ……悪い」

それでようやく気がついたのか、霧崎くんが振り返った。

「大丈夫か」

「考えごとをしていたんだ、すまない」

謝った霧崎くんの顔は、全然そんなふうに見えなかった。心ここにあらずというか、私たちとはどこか違うところにいるみたいだ。

「ちょっと霧崎、せっかくかわいい弥八子が話してたのに、聞いてなかったわけ」

すこしふざけて突っ込むように日下さんが言った。そこは別にかまわなかったのだけれど、もしかして今でも彼女は私と霧崎くんのことを勘違いしているのかと思うと気が重い。屋上にいた理由は明かしたはずなのに。きちんと訂正しなければだろうか。あと、〝かわいい〟は遠慮したい。

「いや、そこは聞いていたんだ。ただ今の直前の話が……悪いがあやふやだ」

「おお、かわいいは否定しないんだ」

「なぜ教室なのか、という話をしていたんだ」

じいっと霧崎くんを見つめる日下さんを放置して、五十嵐くんが話を進めた。

私も考えてみる。教室になにか思い入れがあるかといえば、とくにない。まだ三ヶ月だし、まあそれなりにいろいろあったとは思うけれど、衝撃的なできごとはいまだない。学校がとても好き、というわけでもない……家よりはずっといいけれど。

あえていうならば、彼ら四人との共通点はここしかないということだろうか。

「……なにもないからじゃないか」

五十嵐くんから話を聞いたらしい霧崎くんがすこし考えてから答えた。

「なにもない、とは」

「乾の話だと、家はあんまり安心できる場所じゃないんだろう」

「ああ、つまり学校のほうがいい、と」

ゆっくりうなずいてから、霧崎くんがこちらを見た。私のことを見ている、目が合っても視線は外されない。でもなにを考えているのかはわからなかった。

「ただそれならば、乾は問題の解決よりもここに留まることを望んでいるように思うのだが」

そうなのか、と五十嵐くんに問われても、ぴんとこなかった。たしかに、家に帰りたくないと思ったことはある。でもだからといって教室から出たくないと思ったことはない。

「まあそもそも、なんでうちらなんだろね」

「それも謎だな。全員を結ぶ共通点も浮かんでこない」

「弥八子はどう？　なんかこう、うちらに対して思うところがあるとかない？」

それもわからないので、首を振った。

文化祭の準備のとき、みんなと一緒にいてこの時間がずっと続けばいい、とは思いはしたけど、彼らとはやっぱり、クラスメイトでしかない。かろうじて、フルネームを覚えているぐらいだろうか。五十嵐有《たもつ》くん、村瀬皐次郎くん、霧崎六佳《りっか》くん、日下巴《ともえ》さん。それも、彼らがクラスでは色んな意味で目立つほうだから覚えている、程度のものだ。

「こう言ってはなんだが、乾に関係なく妥当な理由を挙げるとなにがある」

私に聞いていてもなにも出てこないとわかってもらえたのか、五十嵐くんがアプローチを変えた。妥当な理由、というのもまたむずかしいけれど、映画や小説にありそうな設定で想像したらよいのだろうか。

「いじめられていたから、その復讐とか？」

「逆にいじめがあったから、成敗して欲しいとかじゃね」

「成敗ってあんた、時代劇か」

「うるせーな、昔よくじいちゃんと見てたんだよ」

「ふーん。あ、あとは誰かに殺されたから犯人を突き止めて欲しい」

日下さんが昔読んだという小説の設定だったけれど、なぜかそれを言ったあとに、霧崎くんのほうをじっと見る。

「屋上で見てたって言ってたけど……まさか、ね」

一瞬、空気が止まる。

「おい縁起でもねえこと言うなって、日下」

村瀬くんがおもいっきり顔を歪めた。

私はすぐに否定の声を上げる。

「大丈夫、それは絶対違うから。私、自分で飛び降りたってちゃんと覚えてる」

「もうごめんごめん、冗談だって」

私の必死の否定を笑ってから、日下さんも謝った。

ただ言われた本人はなにも言わなかった。気にしないタイプなのだろうか。それから最初から冗談だとわかっていたんだろうか。

霧崎くんが私を、とまで考えてやっぱりないなあとこころの中で笑う。

だって、彼にきらわれたり恨まれたりするどころか、そもそもの接点がほとんどない。彼と喋ったこと自体……。

「あ」

考えごとが思わず口に出て、みんなに期待をさせてしまった。なにか思い当たることがあるのかと問われてしまう。

「ごめん、違うの。ほんとごめん」

きっとまったく関係のないことだし、言わないでおく。みんなを期待させて悪かったなと、反省。

霧崎くんを見る。また私は忘れていた。彼とだって喋ったことがある。

文化祭の当日、家庭科調理室に手伝いに行ったとき、彼がいた。無言は悪いかなあと、料理を作りながら彼といくつか話したような気がする。

そのとき、なにか大切な……話、違う、記憶、があったような気がするんだけれど。なんだっただろう……細部まで思い出せなくて、すごくもやもやする。

「時間が繰り返している、となるとやり直したい、というのも視野に入る、か」

「やり直したい、っていうのは自殺する前に戻りたい、ってこと？」

五十嵐くんと日下さんが私を見た。聞きにくい、のかもしれない。

私は自分のもやもやをそっと隅に寄せて、ふたりの顔を見た。

「やり直したくない、って言ったら……嘘になると思う。もっと違った選択があったら、っていうのはずっと思ってた」

自分の気持ちを素直に言うと、ふたりとも黙ってうなずいてくれた。でもたぶん、問題はそこではないのだと思う。

「ただやり直したところで根本的な解決にはなっていない、か」

「てゆうかさ、ここから現実に戻ったところで、乾って生きてんの？」

「え？」

ぽん、と投げられたことばが、みんなの真ん中に落ちていった。

それを口にした村瀬くんは、いたって素朴な質問のように、私たちに問う。

「ちょっと、やめてよ皐次郎」

たしかに、当然な疑問だと私も今気づく。

だって私は、たしかに屋上から自分の足で一歩踏み出して、地面に落ちたのだ。そのときに見たあの青い空を、私は忘れていない。

「いやだって現実問題そうだろ。たとえばここで俺らが乾の気持ちとか個人的な問題とかを解決してやったとしても、乾ってすでに死んでるかもしれないだろ」

それでも死ということばに、今はじめて恐怖を感じた気がする。私は今みんなと一緒にここにいて、喋ったり笑ったり泣いたりしていたけれど、死ぬことを決意して飛び降りた人間なんだ。

「村瀬、すこし口を閉じろ」

「ここ大事なところだろ。それにほらさっきの飛び降りた人間、あれはやっぱり乾に見え……」

「皐次郎、黙ってってば！」

そうだ、勘違いしてはいけない。みんなと一緒にいて楽しい気持ちも芽生えて、すこし前向きになれたと思っていたけれど。私は自分で死ぬことを決意するような人間なんだ。

ふっ、とまた黒い影が窓の外を通過した。落下してゆくそれは、間違いなく制服を身につけていた。ふわっとふくらむ、スカート。

みなが息をのむ。今度はだれもそれを確認しには行かなかった。

「ほんとうに、死にたかったのか」

静かになって数秒、霧崎くんが落ちついたトーンで言う。

「ほんとうに、死んでしまいたかったのか、乾」

強くてきれいな瞳が私を射貫く。ほんとうに死にたかったかなんて、そんなこと考えなくてもわかっていた。

「生きたいから、死を意識するんだろう。死にたい気持ちは、生への渇望だ」

霧崎くんのことばが、私を切り裂いた。私がもっとも知りたかった答えを、彼は与えてくれた。


でも、もう遅い。


「乾、お前はほんとうは止めてもらいたかったんじゃないか」

五十嵐くんがゆっくりと諭すように聞いてくれる。

「だから三分間を繰り返している。三分前に戻って、俺たちに止めて欲しいと思っていないか」

そうなんだろうか。私はみんなに止めてもらいたかったのだろうか。死にます、って言っておいて止めてもらおうなんて、虫がよすぎやしないだろうか。

「だからそれがわかんねえって。だったら死ぬ前に言わなきゃだめだろ。戻っても死んでんなら意味ねえじゃん」

「いい加減にしろ村瀬。気持ちと現実は別でいいんだ」

「別でいい、って。俺のこと薄情だと思ってんだろうけど、死んでる事実に目をつぶって体裁整えようとしてるお前だって同じようなもんだろ」

「僕は事実に目をつぶろうとはしていない！」

「じゃあなんで二回も窓の外を乾が落ちてんだよ！　あれは死んだことを俺らに実感させるためにやってるとしか思えねぇよ！」

ふたりともやめなさい、という叱責の声が響いた。

日下さんだった。そして彼女はそのまま私の側に来て、聞かなくていい、今のは全部ふたりが勝手に喧嘩しただけだからと繰り返してくれる。

でも、きっと村瀬くんの言っていることは正しい。私は死んだ人間のはず。外を落下するあれは私で、きっと私に死んだという事実を突きつけている。

「乾、自分がどうしたいかだ」

私なんかとは違う、意思のある瞳で、霧崎くんが言う。乾、とまた名前を繰り返し呼ばれる。

どうしたいか、なんて。

「村瀬の言ったことは気にするな。お前の望みはなんだ」

五十嵐くんにも再び問われる。望みはなんだ、と。

「お前はそうやって結論を急ぐんだな」

村瀬くんの拗ねたような顔が目に入った。みんなは彼の意見を止めていたけれど、私にとっては彼が言っていることこそが真実かもしれない。


どうしたいか、望みはなにか、なんて。


現実に戻れても、私は死んでいるだろう。そうしたら、今やっと手に入れたたのしい時間も泣いた事実も、生まれた感情もすべて終わってしまう。意味のないものになってしまう。

今さら、遅い。もっと早くにすべきだったなんて後悔、役に立たなすぎる。

「いい加減にしてくれ、村瀬。お前はここから戻りたくないのか」

「ちょっと五十嵐、そういう言い方は」

はたと気づく。

みんなはこんなところからはやく脱出したいに決まっている。どうしてそれも忘れていたんだろう。

教室に閉じ込められて、時間は繰り返して、見たくないものは目に入るし、しなくていい言い争いをしてしまう。ただストレスが溜まるだけの空間に過ぎない。

だけど私は。

そう、気づいてしまった。私は一度も、思ったことがない。

「私、ここから出たくない」

それは間違いなく、私の意思だった。途端身体から力が抜け、重力がなくなる。みやこ、名前を呼ばれた気がして、目だけ動かす。

はじめて見た、焦った表情。

「違う！　必ず生きて戻れる！」

そんな声を聞いた気がする。けれどすぐに目の前が真っ暗になって、耳と目は世界を閉ざしてしまった。身体がなにかあたたかいものに包まれる。力の入らない身体をそのなにかに預けると、こつん、とぶつかった気がして、それが合図のように私の身体はゆっくりと活動を停止した。

7. おもえない。

真っ暗だった。暗闇にいたってなんとなく自分の身体や周りの雰囲気を感じ取れるものだけれど、ここはそうではなかった。私の眼だけがそこにあるみたいで、ほかにはなにも見えないし気配もない。

だけどかすかに、声は聞こえる。これは誰の声だっただろう。ひとりではない、何人かの声だ。男のひとと女のひと。意識しようとしてみて、あきらめた。きっと私には聞こえない。

でもここはなんだろう。私はどうしたらいいんだろう。そう思っていたら目の前に光が見えた。その光を目指して歩こう、と思ったら身体が動く。ちゃんと身体はあったらしい。

どれぐらいかわからないけれど、歩数がわからなくなるぐらいには歩いて、その光と出会う。

それは光じゃなくて、私だった。

『ねえ、どうして死んだの』

私が、私に問う。

「……わからない」

私が、私に答える。

『どうしてわからないの』

「わかってたら、死んだりしない」

『ほんとうに？　なにもできない自分がいやだったんじゃないの？』

「それは、そうだけど」

『じゃあどうして、理由がわかってたらなんとかできてたと思うの？』

「……そうは思えない」

光の私は、容赦がなかった。私は暗いままで、自分の手のひらさえ見えていない。

『死にたかった？　なによりも、死ぬことが一番だった？』

「違う、そうじゃない」

誰かに言われたことばを思い出す。死を意識するのは生きたい人間だけだと。

誰、に言われたんだろう。

『そうじゃない？』

光の私が、笑いながら聞いた。だけどその笑みはちっともいやなものじゃなくて、なつかしさを覚えるものだった。

「でも、もう死んでると思う」

涙が、一粒こぼれていった。頬を伝ううちにやがて消える。

『それは自分で決めて行動した結果でしょう』

そうだ、私が自分自身で決めたこと。いまさら遅すぎる後悔。しても無駄で、意味のない感情が、涙となって幾筋も頬を伝ってゆく。

ぼろぼろとこぼれはじめた涙がひとつ、顎の先から地面へと落ちた。そこから、闇が消えてゆく。

『大丈夫、チャンスをくれたんだ』

その声に顔を上げると、そこにいたのは私ではなく、小学生ぐらいの子どもだった。その子が笑顔を見せてくれる。そしてやっぱり、その笑顔にはなつかしさがあった。

『思い出してあげて』

その子が左側を指差す。その方向の暗闇が、じわじわと消えていく。

この子は誰だっただろう。私の記憶のどこかに、この子がいる。きっといる。どこにいるんだろう。必死に思い出す。きっととても大事で、大切にしている記憶。

「……りかちゃん」

記憶に辿りつく前に、口が勝手に動いていた。

りかちゃんでしょう、ともう一度問う。

だけどその子は笑いながら首を振った。

『自分は、そのりかちゃんが捨ててしまった部分』

ことばの意味がわからなかった。それにりかちゃんとの思い出はなにも出てこない。ただ目の前にいる子どもが、自分にとって大切なひとだったことはわかる。

『忘れてて、よかったんだよ』

りかちゃんがまた笑う。どうしてこの子はこんなによく笑うんだろう。

『それに忘れてたのはお互いさま。だけど彼は思い出した。そしてもう遅かったことを悔やんだ。だから今、必死なんだ』

どういうことかわからない。彼って誰だろう。どうして忘れててよかったんだろう。なにが、誰が必死なんだろう。

「わからないよ、教えてはくれないの？」

私の問いに、またしてもりかちゃんは首を振りながら笑う。そしてもう一度、同じ方向を指差した。

『答えを決めるのは、自分だよ』

その方向はもう暗闇じゃなかった。

『お願い、思い出して、そして助けてあげて』

助けてあげて？　そのことばに引っかかりを覚えてその子を見るも、もうそこに姿はなかった。

ただりかちゃんが立っていた場所に、一輪だけちいさな花が咲いていた。とてもきれいな青色の、露草だった。

なにもかもわからなかったけれど、私は言われた方向へと歩き出した。気づけばそこに、自分の足があった。手のひらもちゃんと見えて目の前にある。

ぬるい風が吹いてきた。夏の匂いが舞い込んでくる。聞こえてきたのは、蝉の鳴き声だろうか。いつかの夏が、やってくる。


辿りついたのは公園だった。近所ではない。でも見覚えがあるちいさな公園。目をつぶって深呼吸をする。記憶の中から蘇る、ひとつの場所。

母が死んだ夏に行った、公園だった。


お母さんが死んでから、お父さんは前よりも仕事にいっしょうけんめいになった。

私はもう夏休みになったのに、お父さんは日曜日にちょっと家にいるだけで、遊びに連れいってくれたりはしない。

おうちのことは、たまにお母さんの妹のおばさんがきてやってくれる。一緒にやって教えてもらって、おばさんがいないときは、私がする。お父さんはたまに、手伝ってくれるだけだ。

だけど私はお父さんをせめたりしない。

だってお父さんはつらいんだ。だから仕事をがんばってつらいのを忘れようとしている。そうおばさんが言っていた。

私もそう思うから、お父さんにわがままは言わない。それにふたりでがんばろうって、決めたから。だったらいい子でいないと、お父さんが困ってしまう。

だけど今日は、なんだかとてもひとりがさみしかった。家にひとりでいると、いないのにお母さんのことを探してしまいそうだった。

でもそれはかなしいだけだから、外に出ることにした。

まだお昼だからだいじょうぶだろう。家の鍵をしっかりして、お父さんからもらったケータイを持って、外に出る。

外はとても暑かった。夏だから当たり前なんだけど、クーラーがある部屋で過ごしているとそれを忘れてしまいそうになる。太陽もとてもまぶしくて、帽子を忘れたことをちょっとだけこうかいする。

こうかい、ってことば、はじめて使ったけれど、なんだかちょっとくすぐったい。こうかい。そう、こうかいしてる。

どこに行くかは決めていなかった。でもいつもの道じゃつまらなかったから、通学路じゃないところを進む。曲がり角があったら、自分できめて好きなほうに曲る。

そうやって一時間ぐらい歩いていたらしい。探検みたいでたのしくなっていっぱい歩いたけれど、気づけばここがどこだかわからなかった。ちょっとだけ怖くなって来た道をもどってみる。だけどちっともわかるところが見つからない。

どうしよう。こまったときは誰かおとなのひとに聞きなさい、とお母さんに言われていたけれど、誰も歩いていない。ちいさなお店はあったけれど、お金もないからはいれない。

でもまだあかるい時間だからだいじょうぶ。そう信じてもうすこし歩く。そうしたら公園が見えてきた。あそこなら誰かいるだろうか。

すこしだけはや歩きになって公園をめざす。あんまり大きくない公園で、遊具が四つあるだけだった。そして誰も、いなかった。

どうしよう。もう一回かんがえる。でもそうしていたらひとりだけ、ブランコのところにいるのが見えた。おとなじゃなかったけれど、むしろ話しやすいかもしれない、と思って近づいてゆく。

その子は、ブランコではなくそのまわりを囲っている柵に座っていた。

「こんにちは」

私があいさつをすると、その子は驚いた顔でこちらを向いた。かわいらしい、というよりもきれいな顔の子だった。あいさつは返ってこなかったけれど、あたまをぴょこんと下げてくれる。

「なにしてるの？」

どうしようかな、と思って、とりあえず聞いてみる。この間見たテレビでげいのう人がそうやって人に声をかけていた。

「……べつに、なにも」

だけどその子はとくにおしゃべりじゃなかったみたいだ。ちいさな声でそれだけ言われる。

「そう……となりに座ってもいい？」

どうしようかなと思ったけれど、なんだかその子のことが気になってそう言ってみた。どうぞ、と言われたから私も同じように柵にすわる。ちょっと熱くてびっくりした。

「熱いね」

「夏だから」

私はその柵のことを言ったのだけれど、その子には気温のこととして伝わったのかもしれない。でも、夏だから柵も熱くなっている、かもしれない。

「ひかげじゃなくていいの？」

ブランコはひなただった。ジャングルジムのほうに行けば、こかげがあるのに。

「うん、別に」

「そう」

会話はなかなか続かない。はじめて会ったひとだからしょうがないかもしれないけれど、むずかしいみたいだ。

なんとなく、その子のうでを見る。とても白かった。夏にふにあいだな、と思う。ふにあいも、はじめてつかうことばだ。でも、私もひとのことは言えないな、と自分のうでを見て思う。

「ねえ、あなたはどこの小学校に行ってるの」

なんとなくまいごになったとは言いにくくてそんなふうに聞いてみた。同い年ぐらいに見えたけど、学校で見たことがなかったからそう聞いてみた。

「道にまよった?」

なのにその子はずばり、聞いてくる。

「どうして、わかったの」

「おなじだから」

はずかしい、と思っていたらその子がすこしだけ笑ってくれた。うそじゃないのかな、と思ってからすぐに、きっとほんとうだと思うと私はかくしんした。

「私、みやこ」

「……りか」

名前を言うと、ちいさな声だったけれどおしえてくれた。りかちゃん。かわいい名前だ。

「何年生？」

「三年」

「じゃあ、いっしょだね」

そうかなあと思っていたらほんとうにおんなじで、ちょっとうれしくなる。

「どうして、まよったの」

はじめて、りかちゃんのほうから聞いてくれた。理由を言うのははずかしい気もしたけれど、ようやくお話ができそうで、こたえておこうと思った。

「ちょっと、外に出たくなったの。それで、いつもとちがう道を歩いていたらわかんなくなっちゃって」

また、りかちゃんが笑う。やっぱりへんな理由だったろうか。

「理由も、おんなじ」

だけどりかちゃんはそう言って、おんなじだね、とくりかえした。

おんなじ。どうしてかわからないけれど、くすぐったくて、うれしい。それに、その笑った顔がとてもかわいくて、なんだかいろんなことが言えそうな気がしてきた。

「家のひとは？」

りかちゃんはそう聞いた。家のひと、ということばがちょっとあたらしい。

「お仕事にいってる。だから私ひとりだし、へいき。りかちゃんは？」

「うちも仕事」

「そう、またおんなじね」

なにもかもがおんなじだった。話していてもいやな気持ちにならない。クラスの女の子だと、たまによくないことを言われていやな気持ちになるのに。

こういうときはかならず言われるんだ。〝へえ、かわいそう〟って。

「りかちゃんのおうちは、お父さんもお母さんもはたらいているの?」

かわいそう、ってことばは、すごくきらいだった。

「……ううん、お父さんだけ。お母さん、いない」

りかちゃんはだまったまま私の顔を見て、少ししてから教えてくれた。

「うちも。お母さん、死んじゃった」

死んじゃった。そのことばを口にしてしまうと、とてもかなしい気持ちがからだいっぱいに広がった。かんがえてみると、こんなふうに言ったのははじめてかもしれない。

「そう……うちは出ていった」

かわいそう、って言われたらやだな、と思っていたけれど、りかちゃんの答えはちがっていた。出ていった、というのはテレビとかでよくやってるような、りこん、というやつだろうか。

聞いてみたいけれど、聞いたらいけないかなとも思ったからだまっておくことにした。そしてかわいそうとは言わないように気をつける。

「お母さん、いないのさみしいね」

そのかわり、自分の気持ちを話してみる。もしかしたらりかちゃんもおんなじじゃないか、と思っていた。

「そうだね、つらいね」

りかちゃんは私の顔を見て、うなずいてくれた。

やっぱりおんなじだと、とてもうれしい気持ちになる。だってクラスの子たちはだれも、私の気持ちをわかってくれない。つらい、なんてことば、みんなはじょうだんみたいに話してる。ほんとうにつらいことがないんだなってわかるぐらい、笑いながらつらいねって言っている。

「でも」

りかちゃんがまた笑ってくれた。

「つらくても、笑っていたら、いつかきっとたのしくなるよ」

言われてみて、だからりかちゃんは笑ってるのかもしれないと気づいてしまった。

「……ほんとう？」

「きっと、ほんとう。お父さんが言っていたから」

それなら、ほんとうかもしれない。でもちょっとむずかしいな、とも思う。うそでも笑うって、たいへんだし、ちょっといけないことのような気もする。

「私、できるかな」

そう言うと、りかちゃんが私のほうを見る。でもこんどは、笑ってなかった。

「でも、もうむりって、ほんとうにつらいときは、だれかに助けてもらうのがいいよ」

だれかに助けてもらう――。でもそれではやくそくが守れなくなってしまう。

「できないよ」

「どうして？」

「だって……お父さんとやくそくしたから。これからは自分でがんばる、って」

自分のことは自分でなんとかする。お父さんはそう言っていた。今はまだ、料理とかそうじとか、できないこともおおいけれど、おばさんに教えてもらってそのうちきちんとやれるようにならなきゃいけない。

だから、だれかに助けてもらうのは、できない。

「助けてもらうのは、わるいことじゃないと思うよ」

できない、と言った私に、りかちゃんがいやな顔をすることはなかった。よかった、と思うし、はじめておんなじじゃないことを見つけてしまってかなしかった。

「でも、そんなふうに思えないよ」

りかちゃんのきれいな目が、私をずっと見ていた。もうひとつ、おんなじじゃないことを見つけてしまう。私はあんなにきれいな顔も目もしていない。

「じゃあ……助けてあげるよ」

「え？」

「みやこちゃんがほんとうにこまってて、つらくて、でも助けてって言えないときは、助けにいくよ」

かなしい気持ちとさみしい気持ちでいた私に、りかちゃんがやさしく言ってくれる。それに、はじめて私の名前を呼んでくれた。それがうれしくてちょっと笑顔になれる。

「うん、そうやって笑っていたほうがいいよ」

りかちゃんもいっしょに笑ってくれた。

「助けてあげるって言ってくれるのはうれしいけれど」

私がまだしょうきょくてき、でいると、りかちゃんは首をすこしかたむけてまたまじめな顔にもどる。

「みやこちゃんがのぞんだんじゃないよ。勝手に助けにいくだけ」

それに、とまた笑顔を見せてくれる。

「わすれてていいよ。おぼえてたら、がんばれないでしょう」

「やくそく、してくれるの」

私はすこし不安になって聞いた。口先だけのやくそくなんて、意味がないってお父さんが言っていたから。

りかちゃんは私の顔をじっと見て、ゆっくりうなずいてくれた。

「わかった。やくそくしよう」

そうして、こゆびをたててくれる。私もうなずいて、こゆびをかける。

ゆびきりげんまん。はりせんぼんがなにかわからないけれど、やぶってはいけないやくそく。

りかちゃんはクラスのどの子よりも私とおんなじで、私よりずっとつよかった。もしかしてうそ笑いしているのかもしれないけれど、そんなのどうでもいい。はじめて会った子だし、学校はちがうと思うけれど、きっとまた会える、そう思った。きっとこの子は私のとくべつな子なんだ、ってこころにきおくする。

「暑いね」

私がそういってハンカチで汗をふくと、りかちゃんが空を見た。

「夏だから」

とてもきれいな青空で、まっすぐひこうきぐもが浮かんでいる。目を落とせば、みちばたに青いちいさな花が咲いていた。朝に咲いてゆうがたにはしぼんでしまう花だ。そしてセミの声がずっと私たちのまわりにいるみたいに聞こえていた。

この記憶は、どこにしまっていたんだろう。あの夏は、母が死んで最初の夏だった。その前の年から母の容態はよくなかったから、そのころの夏休みに楽しい思い出なんてなかったけれど、とても大切なものだったはずだ。

あのあと、ふたりで一緒に歩いて、ようやく交番を見つけて、ふたりとも仕事中の父親に連れられて帰ったんだった。帰り道、父親にどうして携帯に連絡しなかったんだ、と言われてたしかにと妙に納得したのをすぐに思い出せる。

結局りかちゃんとはそのあと会えていないけれど、今ならひとつわかることがある。

りかちゃんは女の子じゃなかった。

たしかにきれいな顔立ちをしていて、長めのショートカットで服もどちらでも着られそうなシンプルなものだった。

だけど今ならわかる。あれは男の子だ。どうして女の子だと思ったんだろう。それとも女の子だと間違えて記憶しているんだろうか。

そして、私はその子を知っている。ずっと考えていた、あの笑顔、きれいな瞳。私は最近、この子に会っている。教室から見えた、人影じゃない。あの子はたしかにりかちゃんだったけれど、私が最近会ったのは同い年になったりかちゃんのはずだ。

思い出せ。

自分に言い聞かせて目をつぶる。ぬるい風がゆっくりと全身を包んだ。

目を開ける。そこにあったのは、あの教室で最初に見た顔だった。

りかじゃない。りっかだ。

私がほんとうにつらいとき、助けてくれると約束したのは、彼なんだ。

どうして今まで忘れていたうえに気づかなかったんだろう。そう悔やんだ瞬間、目の前の景色が変わる。

夏のちいさな公園は、見覚えのある屋上になっていた。間違いなく、私が飛び降りた高校の屋上だ。

わけがわからずあたりを見回す。もしかして現実に戻ったんだろうか。身体はすでにフェンスの外側にある。腕時計を確認すると五時半をさしている。空はとてもきれいで、飛行機雲がクロスを描いている。あのときとまったく一緒。

いったいどうして、と思っていると、意思とは別に足が動いた。たった二歩の世界。

自分の足が地面を失うのはすぐだった。

踏み外したような感覚があって、くるりと身体が反転した。目に入ってくるのは青い青い空。残酷なぐらいきれいで、いやになるぐらい無慈悲な空。

とてもゆっくり落ちていた。スカートがひらひらと舞う。身体はもういうことを聞かなくて、ただ落ちてゆくまま。

やっぱり、死ぬんだ。私は、やり直せないいんだ。いまさらすぎる後悔を胸に抱えて、私は地面を待った。

そのとき、屋上に人影が見えた。霧崎くんだった。彼がその縁に立ち必死に私の名を呼んでくれる。

そうだ、私が死んでしまったら、約束が守れなくなる。ゆびきりまでして誓ってくれた想いが無駄になる。

いやだ。それだけはいやだ。だって、私とりかちゃんはおんなじだった。あんなにうれしかったおんなじは、今もすこしはあるのだろうか。ううん、なくてもかまわない。それでもいい。ただ私は、まだ生きていたい。許されるとか許されないとか、そういうのは二の次でいい。

もう私は、もう死にたいなんて思えない。

お願い、かみさまがいるならば。

私はまだ生きたい。生かして。

「助けて！」

落ちていく身体で、力いっぱい叫んだ。でももう、間に合わない。だって空があんなに遠い。きっともう、終わりなんだ。いやだ。いやだ、いやだ。
地面に叩きつけられる。そう覚悟した瞬間、私の右手を強く引っ張る手があった。
私はその手を握り返す。

8. おもわない。

気がつくと教室にいた。目の前には霧崎くんの顔がある。彼の手が私の手を握っていて、痛いぐらいに熱かった。引っ張り上げられたような体勢で、私は彼に支えられている。

そのすぐ後ろに、五十嵐くんと村瀬くんと日下さんがいた。

「弥八子、よかった！」

ああ、戻ってきたんだとようやくわかる。みんなの顔を見たら、ここはあの教室なんだと実感する。本当の現実ではないけれど、こころからほっとする。

霧崎くんが手を離してくれた。私の手首がすこし赤くなっている。それを見つけて彼はすまない、とちいさく謝った。

「ありがとう」

私が言うと、彼はほんのすこし笑ってくれた。その笑顔が、とてもなつかしい。

「びっくりしたよ、いきなり倒れて卵になるんだもん」

立ち上がった私に椅子を勧めながら日下さんが言った。

卵とは、どういうことだろうか。さっぱりわからない私に五十嵐くんが教えてくれそうな素振りを見せた。

「乾がここから出たくない、と言ったあと倒れた。だが……そうだな、やはり卵になったんだ」

でも言っていることは日下さんとなにも変わらなかった。そこを村瀬くんに突っ込まれるも、ほかに説明のしようがないだろうと突っぱねる。

「本当に文字通り卵だったんだ。といっても大きさは鶏のそれではなくて、乾がすっぽり入りそうなぐらいのものだったが」

「そうそう、ほんと焦った。いろんなことが起きる教室だけれど、まさか卵になるなんて」

なんだかよくわからないけれど、みんなに心配をかけてしまったのはわかった。だけど同時に心配してもらえたうれしさみたいなものがある。不思議でわがままな感情。

「ごめんなさい」

謝った瞬間、全員が首を横に振った。あまりに揃っていて、笑いそうになった。

「気にすんなよ。たしかにわけわかんなくて焦ったけど」

「うんうん、皐次郎なんか力技で割ろうかとか言い出したもんね」

「あれは馬鹿の極みだった」

「ばっ、極みってなんだよ。つーかお前の、割って中身が黄身と白身だったらどうする、ってコメントが一番いやだったつの」

なんだか三人は、最初よりもずっと仲がよくなった気がする。打ちとけ合った、というのだろうか。互いにいろんな面を見て、持っていたイメージが変わったのかもしれない。

「みんなで、どうしたらいいんだろうって考えてたんだけど、まったくわからなくてね。でも突然弥八子の声が聞こえたみたい、霧崎には」

そう言われて霧崎くんのほうを見ると、すぐにそっぽを向かれてしまった。

「そしたらいきなり、手が出てきたんだよ」

あとはさっきのとおり、と締めくくられた。出てきた手を、霧崎くんがつかんで卵から引っ張り上げてくれたらしい。

「でもなんで、卵?」

「そりゃお前、殻に閉じこもる、ってやつじゃね」

「それは一理あるが」

たしかに、なんで卵だろう。人間が卵を割って出てくる、なんて想像すると不気味だ。私が自分の意思でそうなったんだろうけれど、理由なんて想像つかない。

「逆なんじゃないか」

四人でうーんと首を捻っていると、霧崎くんが口を開いた。

「逆?」

「閉じこもりたいんじゃなくて、生まれてきたい。乾、前に……ひよこの話してたから」

生まれてきたい。そうこころの中で繰り返す。

なんだか不思議な気がした。だってもう私は生まれているのに、生まれてきたい、だなんて。

それにひよこの話、ってなんだっただろう。思い出そうとすると、私の顔がわかりやすかったのだろう、霧崎くんが文化祭の日、と教えてくれた。

やっぱりあの日、私は霧崎くんと話をしていたんだ。

「ひよこ？　なに、なんの話？」

日下さんが私と霧崎くんを交互に見た。彼女の視線に応えるように私は首をひねる。

霧崎くんは応える気がないようだった。ひよこ、卵、と考えてようやく頭の中にひっかかるものがでてくる。

「思い出した……ひよこは生まれてくるとき、なにを考えてるんだろうって」

その記憶に辿りつくと、あのときの霧崎くんの表情を思い出す。私をじっと見る瞳。

あのとき、彼は私に気づいたのだろうか。あの夏に出会った、みやこだと。

「なんにも考えてない。きっと生きることに必死なだけだって。だから」

だから私は、卵になったのかもしれない。その気持ちを思い出したくて。自分で殻をやぶって出てきたかったのかもしれない。

だけど、自分ひとりではきっと無理だった。ひとはひとりでは生きていけない。そのことばの意味を実感する。

私は卵の中で夢を見た。それはとてもなつかしくて大切な記憶だった。忘れていたなんて思いたくないけれど、ほんとうに今までどこかにしまわれていた、ほんの数時間の思い出。夏の暑い日に出会った、ふたりの話。

「では乾は、生まれ直してきた、ということか」

五十嵐くんがひとりごとのように言う。でもそれに私はかるくうなずき、霧崎くんを見た。

「もう、大丈夫。私はまだまだ生きていたい。みんなと一緒に過ごしたい。もしかしたら、現実に戻ったら死んでるかもしれないけれど、それでもいい。今こう思えたことが……しあわせだと思う」

自分に言い聞かせるように、そして彼に答えを出すように。

私は自分の口でしっかりと今の気持ちを伝える。なにが解決したわけじゃない。義母や義兄との関係はなにも変わらないし、家に帰ったって、やるのは家事ばかりだろう。私を待っているのは、変わらない日常だ。

でも、それでも。

私に逃げ道を作ってくれるひとたちがいるなら、彼らに助けを求めながら、生きていきたい。

私のことばに、みながほっとしたような顔を見せてくれた。霧崎くんも、かすかだけど笑ってくれる。なつかしい、笑顔だった。その笑顔が、今はもう作り笑いじゃないと信じたい。

「思い出したよ」

私も、嘘の笑顔じゃなく、こころから笑って彼に言う。

「りかちゃん。忘れててごめん」

霧崎六佳。あの日のりかちゃん。彼はあの約束を果たそうとしてくれていたのだ。だから、今ここに私たちはいる。それに私は応えたい。もう大丈夫、ありがとうって大声で伝えたい。

霧崎くんは、はにかんだような顔を見せて、なぜかすぐ、かなしそうな表情を浮かべた。予想外の表情に、私もこころが曇る。

「これで……戻れるのだろうか」

五十嵐くんのことばにはっとする。まだすべてが解決したわけじゃない。私たちはここから帰らねばならない。

「ドア開けたら出られたりして」

ちょっと明るいテンポで村瀬くんが言った。そしてドアまで歩いていって、手をかける。

「……おっ、これ」

「え、開くの？」

「いや、開かないみたいだ」

「ちょっと、冗談やめてよね」

みんな安堵したからだろうか。村瀬くんと日下さんのやりとりも、無理に明るく振る舞おうとする雰囲気はなかった。もうあと一歩だというのがうれしいのかもしれない。

でも、ほんとうにそうなんだろうか。

もし霧崎くんが私との約束を守るために、どうやってかはわからないけれど、この状況を作ったんだとしたら、彼のそのかなしそうで、さみしそうな表情はなんだろう。私の気持ちが変わっただけじゃ駄目なんだろうか。それともやっぱり、私は戻っても死んでいて、最期に明るい気持ちにさせてくれたんだろうか。その終わりを予感しての顔なのだろうか。

「もし……現実に戻ったら、この記憶って忘れるのかな」

死んでいるのか生きているのかは別にしても、もうひとつの不安な要素を口にする。

もし忘れていたとしたら私の気持ちはほんとうに変わっているのか。結局前のまま……でもそうしたらこの時間に意味はなくなってしまう。

「忘れてたら、なんかもったいねえよな」

私の気持ちに似た感情を、村瀬くんが言ってくれた。

「せっかく俺、みんなのことわかったような気がしたのにな」

「わかったって、アバウトだね皐次郎」

「アバウトってなんだよ、雰囲気伝わるだろ」

「他人のことがわかる、ってむずかしくないか」

突然、会話に霧崎くんが自ら入ってきた。もちろん悪くはないけれど、めずらしい。

「そうか？　喋ったり遊んだりしたら、なんとなくわかんじゃん、こいつはこんなやつなんだなって」

言いたいことはわかる。初対面ではあまり相手のことがわからないけれど、何回か顔を合わせているうちに、そのひとの性格だとか考え方とかがすこしずつわかるようになる気がする。

「んー、まあ霧崎が言いたいことも、伝わってくるけれど」

だけど日下さんは私とは違うらしい。

「要はさ、私は私で皐次郎にはなれないんだよ」

「は、なんだそれ」

「他人の気持ちとかの理解は、むずかしいってこと」

「意味わかんねえ」

村瀬くんと日下さんが軽く言い合いをしていたけれど、そこに霧崎くんが入ることはなかった。ただふたりを見たあと、静かに腕時計を見ている。

他人の気持ちの理解はむずかしい。たしかに、私だって他人のことが完全にわかるわけじゃない。そのひとの気持ちそのままを再現するのもむずかしいだろう。でも、わかるって言っては駄目だろうか。

「そもそもは、ここから戻ったら、今までの記憶はなくなるのか、って話だろ」

日下さんの説明に飽きたのか、村瀬くんが話をもとに戻してくれた。

わかるわからないの話は、あやふやなままだった。

「あ、じゃあさ、約束しようよ」

「約束？」

「そうそう、戻ったときにその約束を実行できたら、ちゃんと覚えてるって証拠になるでしょ」

なるほど、と村瀬くんがうなずいた。私も日下さんのその提案がいいなと思ったので賛成する。すこし離れて話を聞いていた五十嵐くんも了承してくれた。霧崎くんは、とみんながうがうと、無言のまま軽くうなずいてくれる。

「でもなににする？」

「そこ考えてねえのかよ」

「いやだって、むずかしいじゃん。屋上に集合とか？　でもそういうんじゃなくて、ずっと使える約束がいいなあ」

なにがいいだろう。すこし考えてみる。

今まで私たちの間にはなかったけれど、ここから戻ったら実行できること。日下さんの気持ちには私も同意だ。ここで築いた関係や気持ちが残るものがいい。

「名前はどうだ」

私が考えている間に、五十嵐くんが提案してくれた。

「名前って？」

「今はお互い名字で呼び合ってるだろう。それを名前で呼び合うことにする」

その提案はすてきだなと思った。小学生のときにはあったけれど、高校にもなると名字以外で呼ばれることは案外すくない。仲のよい関係ならもちろんあるけれど、私たちにそれはない。

「いいんじゃない、それ」

「うん、私もそれがいい」

日下さんと私の同意が一緒だった。

「あ、でも私、弥八子のことはすでに呼んでるから……じゃあみーやって呼ぶことにする、いい？」

「うん、ありがとう」

「え、俺は？　俺もお前に名前で呼ばれてるんだけど」

「別に皐次郎は皐次郎でいいでしょ」

「変わんねえのかよ、なんかちょっとあるだろ」

「えー……じゃあコジロー」

「なんでだよ！」

「いやほら、ちょっと時代劇好きみたいだし？　佐々木？　みたいな？」

「いいな、僕もそう呼ぶことにする」

「ね、弥八子もそうしよう」

そうしようと言われても、と悩んでいたら「いやそこはそうするって言えよ」と村瀬くんに突っ込まれてしまった。それをまた日下さんが笑って、本人はしぶったもののコジローに決定する。

楽しかったし、うれしかった。この空気が戻ってからも続くかもしれないと思うと、私はこの三分間に感謝できそうだ。

それからもちろん、霧崎くんも交えて約束を交わした。六佳っていい名前だな、と村瀬くんがうらやましそうに言っていた。

ここから戻ったら互いに名前で呼び合おう。それがここにいた記憶で、つながりの証だと。戻っても仲よくしようとは口にこそしなかったものの、きっとみんながそれを思っていた。

ところが、いつまで経ってもなにか変化が起こることはなかった。私たちはまだ教室にいるし、時計の針は三分間を繰り返している。

「……なにも変わんねえな」

村瀬くんがぽつりと言った。そのひとことが、教室の空気に不安を混ぜる。

「弥八子、まだ出たくない、って思ってる？」

おずおずと聞いてきた日下さんに私は笑って見せる。

「ううん、もうそんなふうに思わない」

「だよ、ね。うん、私も弥八子はもう大丈夫って思える」

変なこと聞いてごめんね、と言われたけれど私は気にしない。だって私は、そういうふうに思わせるものを持っていたのだから。

でも、もうそんな自分は捨てていける。私はここに、なにもできないってただ嘆いているだけの自分を捨てていくんだ。

「私じゃ、ないと思う」

ひとは誰だってひとりじゃ生きられない。それにそもそもそんなに強くない。いろんなひとと出会って、逃げたり、自分を捨てたり、戦ったりして生きている。

それを何歳で経験するかなんてわからない。五十嵐くんたちはそれがはやかったんだろう。でもそれだってまだまだ一部だけで、これからももっといろんなことが襲ってくるかもしれない。

そのたびに私たちは選択する。そのときの最善を。

あとから間違いに気づいてもいい。大切なのはそのときの自分。逃げたり、負けたり、くやしがったりしながらも、きっと私たちは生きていく。そしてだれかがくじけそうになったときには、そっと手を差し出す。強く、強くその手を握り合う。

私は、十六歳の誕生日の今日、その日がきた。もらった三分間は、永遠の、奇跡。ひとりではけしてできなかった、決断の日。

「乾じゃないってどういうことだよ」

みなが私の顔を見る。

「もうひとり、出たくないって言ったひとがいる」

私の答えに、みんなが彼を見た。

「一緒に、帰ろう、霧崎くん」

霧崎くんは笑った。今までに見たことがないぐらいの笑顔だった。そしてそのとき、窓の外を黒い影が落下してゆくのが目に入る。ただし今度は私じゃない。落ちてゆく彼と目が合う。その顔はやっぱり笑っていた。

「駄目、違う！」


私の声を、風が包んだ。つよいつよい風が教室に舞い込んだ。かと思うと、そこは屋上だった。

とてもきれいな青い空。大きな入道雲が湧き出て、その上を飛行機雲が走っている。山が青々としていて、夏の匂いが鼻をつく。

私はフェンスの内側に立っていた。隣には、五十嵐くん、村瀬くん、日下さんがいる。そして私たちは、フェンスの外側にいる霧崎くんを見ていた。

「ちょっ……どういうことだよ！」

村瀬くんの声が空に吸い込まれていった。どうしてか誰もその場からは動けなかった。動いたらいけないと私も感じていた。

五十嵐くんも日下さんも、村瀬くんと同じ気持ちだったのだと思う。口々になぜ、と問う。だけど霧崎くんは答えず、かすかに笑うだけだった。

「私じゃない、霧崎くんだったんだよ」

その代わりに私が答える。

間違ってるかもしれない。私の勝手な想像だけれど、きっとそうだと思ってるし、間違っててもいい。

「あの教室は、あの時間は、霧崎くんが私を助けるためにくれたんだ」

フェンスの向こうの足場は僅かだ。簡単に下に落ちてしまうことを私は知っている。霧崎くんがこちらを向いていたって、フェンスもつかんでいない体勢ではすぐに飛び降りられるだろう。

「乾を助ける?」

「そう、私は、霧崎くんと小学生のころに出会ってた。そのときの約束。だけど私は今までずっと忘れてた」

息を吸う。草いきれの香りが身体に満ちる。

「忘れてて、ごめんなさい。すぐに思い出せなくて、ごめんなさい」

おんなじ、って喜んでた。クラスの子たちとは違うって、この子はきっと私の特別な存在になるんだってあのとき思っていたのに。

風が吹いた。あまりにも強くて、霧崎くんがバランスを崩すんじゃないかと不安になる。

「俺のほうが悪い」

ようやく、霧崎くんが口を開いてくれた。

「霧崎、本当なのか」

五十嵐くんの問いにうなずいてくれる。

きれいな、空だな。

そう霧崎くんが言った。空を仰いで、なつかしむように。

「悪かった。みんなを巻き込んだ」

不安定な体勢のまま、霧崎くんが続けた。まるでいつ落ちてもいいと思っているような雰囲気に、胸がつまる。

「どうして、僕らなのか聞いてもいいか」

こんな状況でも五十嵐くんは冷静だった。同い年なのに、私と全然違う。だけどそれがとてもありがたい。会話が続く限りは、彼も終わりにしないだろうとなぜか確信していた
「話してただろう、文化祭の準備で残ってたときのこと」

「お前が廊下で見てたときのことか」

すこし間があって、うなずいた。

「そうだ。あのとき、乾がとても楽しそうに見えた。だから三人なら、乾を救えるん

じゃないかと思った」

メーデー・リレー。助けてと言えない本人の代わりに助けを求める行動。

「そのときすでに、乾を助けようとしていたのか」

「いや、違う。乾と昔会ったことがあると気づいたのは、文化祭当日だ。あのとき、かなしそうに笑う顔を見て思い出した」

やっぱりそうだったのか。でもそれならどうして言ってくれなかったのだろう、と思ってしまう。

その思いが伝わってしまったらしい。霧崎くんがすこし笑う。

「乾は、俺のこと女だと思ってたから。あのときの子どもは俺だって言っても、信じてもらえないと思ったし、気持ち悪いだろう」

「そんな……」

「それに忘れてていいと言ったのは俺だ。誰かに頼っては駄目だと信じている乾に、だったら忘れておけと言った」

忘れていたことがこころからくやしい。りかちゃんが実は男だったなんて、知ったらきっと驚いたけれど、でも別にだからといってきらいになったりなんてことはなかった。あの夏の想いは、そんなもろいものではない。

「乾と気づくより先に、僕たちを見て助けられそうと思う、というのは矛盾している」

会話が途切れたところで、再び五十嵐くんが質問する。

「もうちょっと、ほかに理由があったんじゃない？」

そこではじめて日下さんが口を開いた。だけどその声も顔も、責めたり怒ったりしている様子はない。

その横の村瀬くんの顔をうかがう。彼もまた、真っ直ぐ霧崎くんを見つめるだけで、マイナスの感情は抱いていないように見えた。

たぶんみんなは、霧崎くんのことも、なんとかしようとしてくれているんじゃないだろうか。そんな気がしてくる
ただのクラスメイトだった。ほとんど喋ったことがなかった。五人で閉じ込められてからは言い争いもたくさんしたし、いろんな話もした。

一番、寡黙《かもく》だった霧崎くん。だけど彼らは、そのひととなりを僅かしか知らなくても、彼を見捨てようとはしない。

それがわかったことが、とてもうれしかった。もしかして単なる思い込みかもしれない。でもそれでもいい。なにを信じたらいいのかわからない、とすべてを疑って見るより、思い込みでもそういうものを持てたほうがいい。

「ほかに理由、か」

霧崎くんがすこしうつむく。

「そうだな、あのときのことをなぜそこまで覚えているかと聞かれて答えるなら……すごく、劣等感があったんだ」

閉じ込められてからも、その前も、あまり喋らなかった霧崎くんが、多くを話してくれるのは意外でもあった。

「劣等感？」

「ああ。四人が笑いながら、楽しそうに作業をしていた。クラスの中には文化祭なんてめんどくさいと真面目にやらないやつもいるのに、ここにいるのは全然違うな、と素直に感心した。そして自分とはまったく別の人間なんだろうと」

その思いは私だって持っていた。霧崎くんはこちら側に入れてくれたけれど、私からしたら私はあのときだって外側にいた。ただそれでもいつもより楽しかったんだ。

「うらやましくもあったし、自分が情けなくもあった。その中には入れないなとつくづく感じた」

その感情も知っている。けして霧崎くんだけが違うわけじゃない。私だっておんなじなんだ。

「わかるよ、その気持ち。私だって前はその輪の外にいた。余計なことをして目をつけられたくないから、外側から憧れることすらできなかった」

私の代わりに、日下さんが代弁してくれた。そして彼女もまたおんなじだったんだと、胸を強く打たれる。

「わかる、か」

「そう。わかる、なんて簡単に言っちゃいけないのも知ってる。他人の気持ちなんて、どんなに頑張ったって理解できない。だって、そのひとには絶対なれないんだから。同じ経験をしたって、そのときの感情はひとそれぞれだと思う。それでも」

日下さんが大きな声で言った。

「わからないと切り捨てるより、わかる心を持ち続けたいの、私は」

わからなくてもあきらめない。日下さんはもしかしたら、いじめられていたときにすごく考えたのかもしれない。だれも私の気持ちをわかってくれない、って。だけど、それがそもそも無理な話だったら。自分の気持ちの理解者なんて誰もいないのが当然だと思えたら。そこから選びとる結論はなんになるのだろう。あきらめるのか、受け入れるのか。きっと、日下さんは後者を選んだんだ。

風が吹いた。

ぬるい、夏の風だ。熱さと夏の匂いを運んでくる風。それが私たちを通り抜けて霧崎くんへと届く。

「入れないのではなく、入らないのではないか」

ひと呼吸おいて、今度は五十嵐くんが口を開いた。

「自分はひとと違う、と思うのもまたプライドでありエゴだ」

霧崎くんの体勢は変わらなかった。いつでも簡単に落ちてしまいそうなぐらいに不安定。今すぐ彼をつかまえるものがあるのなら、そうしたいのに、身体が動かない。

「そうだな、そうかもしれない」

霧崎くんはうつむいたまま笑ったように見えた。

「俺には五十嵐のようにやりたいことをやれない反発心も、村瀬のような必死で頑張る前向きさも、日下の持つ経験から得たやさしさも、乾のように生に対する渇望もない」

そして空を仰いで、息を吸う。

「だからあのとき、教室に入れなかったんだと思う。みんなが持っているものを持っていない。輪の中に、入れない、いや入ろうとする気さえ起こらない」

私たちを見た霧崎くんの顔は、やはり笑っていた。あんなふうにかなしくてさみしい笑顔を、私ははじめて見たかもしれない。

「そんなに、自分を卑下するようなやつが、他人助けたりするかよ」

俺なんか、と村瀬くんが続ける。

「俺なんか、自分のことに精一杯で、乾がなにか悩んでたとかなんて全然知らなかった。でもお前はそれに気づいたんだろ。だから乾が飛び降りたとき、屋上にいたんじゃないのか」

　そう、あのとき彼は屋上にいた。なぜかはわからないままだった。

「霧崎くんは、私が飛び降りるの、知ってた？」

　おずおずと聞いてみる。もしそうだったらこうして欲しかったとか言うつもりはなかった。ただどうして気づいたのか、聞いてみたかった。

「飛び降りるとは思っていなかった。ふらふらと階段を昇る姿を見て、すこし危機感を覚えたんだ。ただ最初はそこまで思わなくて見過ごした。すこし経ってから気づいて追いかけたが……遅くなったのは今でも悔やんでいる」

「それ以前から気づいていたか、乾の危うさに」

　五十嵐くんの問いの答えはゆっくりとうなずかれる。

「乾を思い出したのは文化祭のときだったが、クラスは一緒だったからな。笑った姿を見たことがなかったし、孤立しているわけではないのに、どこか雰囲気が浮いていた。もしかしたら俺と同じなのかもしれない、と勝手に思っていた。それで、乾があのときの子だとわかって……今もまだ俺と同じなら、助けなければと思った」

「あのときの約束を果たすために？」

　ほんとうにつらいときは助けてあげる。たった八歳だったふたりの、一度きりの約束。

「そうだな」

「あんなの、忘れててもよかったのに」

「だけど、あのとき乾に無茶を言った罪が俺にはある」

罪、ということばに違和感があった。今思い出したって、あのときあの場に罪なんて生まれていなかった。

そんなのない、と首を振る私に霧崎くんが笑う。そして口にしたのは、あのときのりかちゃんのことば。

『つらくても、笑っていたら、いつかきっとたのしくなるよ』

ひと呼吸おいて霧崎くんは続ける。

「乾の笑った姿を見たことがない、というのは厳密には違う。乾はいつも、無理をして笑っていた。相手のためなのか自分のためなのか、それはわからなかったが、楽しそうに見えたことはほとんどない。いつも、頑張って作ったものだった。だけどそれも、入学してからしばらくだけで、最近はほとんど見かけなくなっていた」

ほとんど喋ったことがなかったのに、彼は私を見てくれていた。私はそんなふうに彼をしっかり見たことがなかったかもしれない。

「もしかしたら俺がああ言ったせいかもしれないと思うと、罪悪感でいっぱいだった」

「違う、あれは霧崎くんがお父さんに言われたことばだった」

「そうだ、でも父親のことばを盲目的に信じていた俺が悪い」

違う、そうじゃない。こころでは強く思うのに、この気持ちをうまく表現すること
ばを私は持っていなかった。なんでことばなんかで表現しなければならないんだろう。

こんなにもどかしいことなんてほかにあるんだろうか。

「フェンスを越えた乾を見たとき、どうしたらいいのかわからなかった。いまさら声をかけたところで、俺のことなんて信用も信頼もしてないだろうというのはよくわかっていた」

そんなことない、とは言えなかった。あのときの私は、霧崎くんをクラスメイトとしか認識していない。

「俺は、乾を助けなければと思った。だけどその方法がわからなかった。それでもあのとき、願わずにはいられなかった。もし、神さまってやつがどこかにいるんなら、俺は心から感謝してる。五十嵐と村瀬と日下を連れてきてくれたことに」

巻き込んでほんとうにすまない。でもおかげでなんとかなりそうだ。そう言って彼は頭を下げた。

風が吹く。彼の決意が見えた気がして、私は急に叫びたくなった。さっき彼はこう

言った、今もまだ俺と同じなら助けなければと思った、と。つまりそれは、彼もまた助けを求めていたんじゃないだろうか。

「そうだな、お前がいやになるほど文句を言ってやりたい」

五十嵐くんが厳しい声をあげた。それに村瀬くんも日下さんも大きくうなずいた。

「私もこの溜まったストレスを発散したい」

「俺も、言いたいことはいっぱいある」

霧崎くんの頭は下げられたままだった。そのままいくらでも文句を言ってくれと、言わんばかりだった。

けれど五十嵐くんは言わなかった。そして条件を突きつける。

「だがそれは、ここを無事に出てからだ」

「そうそう。もうお茶ぐらいおごってよ、どんだけ疲れたと思ってんの」

「だな、みんなでファミレスでも行こうぜ、全部五十嵐のおごりで」

霧崎くんの頭が上がる。風が彼の前髪を吹き上げた。おかげでよく見えた彼の顔は、とても驚いていると同時に、かなしそうに見えた。

「霧崎くん」

めいっぱい息を吸う。

「私はもう大丈夫。現実に帰ったって、つらかったことなんてひとつも解決してないのはわかってる。もしかしてもう飛び降りたあとかもしれないし、そうじゃなくても、家に帰ったらまたつらいことがあるかもしれない」

ことばはなんて不自由なんだろう。私の持ってることばじゃ、この気持ちはきっと十も伝わらない。

それでも私たちは、自分の気持ちをことばにしなければ、他人に伝えることはできない。

もし、かみさまという存在がいるのならば、どうして私たちにことばを与えたのだろう。未熟で不自由で、どうしようもないことば。だけどそれがなければ、今の私たちには他者と通じあうツールがない。なにも言わずに理解しあえるほどの年月を経ていない。

「でももう、大丈夫。みんながいてくれる。きっとみんなが、逃げ道も戦う道も一緒に考えてくれる。もう自分なんてなにもできないなんて思わない。だから」

風が吹いた。つよく、つよく。夏の風が私の背中を押してくれる。

「一緒に、帰ろう」

もう一度、このことばを彼に贈る。

だけど、返ってきたのは拒否の表情だった。

「霧崎、お前はまだ」

首を振る霧崎くんに五十嵐くんが言おうとしたことは、彼の笑顔によって止められた。

笑っていた。この中で。でも私たちを馬鹿にしているわけではない。無理をして笑っているわけでもない。

きれいな顔立ちが見せてくれる、やさしい笑顔だった。

「乾はもう、大丈夫そうだ」

その笑顔は私に向けられたものではない。

「おい、霧崎」

「乾、俺は思うんだ」

ものごとを達成したときの、自分自身への悦びの笑顔なんじゃないだろうか。

「自分で死ぬ決意ほど、勇気のいるものはない。ただ漫然と生きているやつには、絶対に持てない勇気だ。それをひとは愚かと言うかもしれないが、その勇気を持っているお前なら、きっとこの先も大丈夫だと思う」

急激に怖くなる。もしかして霧崎くんは、と考えてしまって、でもその先を具体的に想像したら現実になってしまいそうで、私の頭は拒否を続けている。

「乾はあのとき、俺と同じであることを喜んでいるように見えた。俺も同じであることをうれしく思っていた。勝手に仲間意識を持っていた。だけど俺と乾は決定的に違う」

やめて、と言いそうになって唇を噛む。

「俺は、自分で死ぬことを決断する勇気なんて持っていない」

身体が動かないのがもどかしい。ことばを知らないのがくやしい。

口にしなければ、行動しなければわからないことがたくさんあるのに、どうして私はできないいんだろう。

「霧崎、お前はまだ乾を見守る義務があるだろう」

死のうとした人間を生き返らせた責任はどうする、と五十嵐くんが続けるも、霧崎くんには届かなかったらしい。

「駄目なんだ」

「なにがだ」

かなしみが私のこころに生まれた。どうしてだかわからないけれど、駄目と言われたことがかなしい。

「落ちる乾を見て、俺は咄嗟に願った。代わりに自分が死ぬから乾を助けてくれと」

そしてさらに、聞きたくなかったことばが私のこころを襲う。

みんなが止まったのがわかった。

「そうしたらなぜか俺の目の前のフェンスは消えていた。代わりに、乾が落ちていく瞬間を見ることになった。見たくなかったけれど、けして忘れてはならないと見ていたんだ」

「それで、気がついたら教室にいたと?」

「そうだな。正直驚きはした。ただ、五時半前を繰り返す時間を見て、これはチャンスなんだと思った。俺が乾を追いかけはじめたのが、たぶん三分前ぐらいだったんだろう」

ヒーローが戦えるのは三分間。村瀬くんのことばを思いだした。文字通り、霧崎くんは私にとってのヒーローだった。

「途中見た落ちる影は、お前の記憶か」

「たぶん。俺があの瞬間を思い出しているたびに、外を乾が落ちていっていた。驚かしてすまない」

「あやまるぐらいなら、もっとはやく俺らに教えとけよ」

「できれば、自殺した事実は隠しておきたかったんだ」

その理由は誰も尋ねなかった。

「なにか方法があるって、きっと」

その代わり日下さんが明るい声を出す。けれどもそれすらも霧崎くんはあっさりと否定する。

「自分から出した交換条件なんだ。この世界から脱出するたったひとつの方法は、俺が死ぬことだ。それに、俺の腕時計だけはずっと五時半だった」

俺だけは、時間を繰り返してなかったよ。

はっきりと言われた事実を、肯定するかのようにつめたい風が吹いた。夏に似合わない、その風が私たちを包んで舞い上がる。

「乾が言っていたな、誕生日を迎えたのに、なにも変わらないって」

風が霧崎くんの前髪をさらってゆく。だから彼の顔ははっきり見れた。

「たった一分一秒の差に、なにがあると思う」

無表情でも無愛想でもない、きれいな顔。覚悟を決めてしまった人間の、うつくしい顔。

「周りは勝手に俺たちに期待する。もう高校生になったんだから、そう言って価値観を押しつける。でも俺らにとっては誕生日だって昨日の続きだ。なにが変わったかなんて、わかるわけもない」

私と、おんなじだった部分。でも私には、あの顔はできなかっただろう。彼は自分で死ぬことを決断する勇気なんてないと言ったけれど、そんなわけがなかった。

「変わらなくて、いいんだ」

そうやって私に言える人間に、勇気がないなんて思えなかった。

「りかちゃんに、会ったの」

私はあえてりかちゃんと呼んだ。あの夏の子ども。

「メッセージ、あったでしょう、りかちゃんから。私にもあった」

霧崎くんはああ、とうなずいた。

私には『助けてあげて』。霧崎くんには『助けてあげる』。つまり、りかちゃんは、霧崎くんがなにをしているかをわかったうえで、助けたかったのだろう。

「りかちゃんは言ってた。自分は霧崎くんが捨ててしまった部分だって」

あのときはわからなかった。でも今ならそのことばの意味がわかる。

「五十嵐が、言っていたな、馬鹿な自分を捨てたって」

「うん、霧崎くんが捨てたのは、他人に助けを求めていた自分でしょう？」

私とおんなじだった。彼はあの夏、助けを求めることは悪くないと言ったけれど、そのあとにそんな自分を捨てたのだ。

私が、きっと彼に出会う前に捨ててしまった部分。子どもながらに必死だったあのころの、自分。

そうかもしれない、というちいさなため息のようなことばが風に消されていった。

「細かいことはわからないが」

五十嵐くんが私の顔を見てから言った。

「成長するためにはなにか犠牲が必要だと僕は思う。それが自分の一部かもしれない。僕はそうやって馬鹿な自分を捨てて成長したつもりだ。霧崎、お前は違うのか」

つめたい風が私たちの間を通る。だけど身体はすこしも冷えていかなかった。

「俺はきっと、大切なほうを捨てたんだ」

彼の髪がその風に持ってゆかれる。そこではじめて、彼の左耳に傷跡があることに気がついた。

「母親に捨てられ、父親とふたりで暮らして、助けを求めても、返ってきたのは暴力だけだった。俺のそばにいたのは、愛した女に裏切られ捨てられた、みじめな大人だけだった」

だから、俺は助けを求める自分を捨てた。霧崎くんはそう言って空を仰ぐ。今日はきれいでいい日だ、とひとりごとのようにつぶやいた。

そしてまた私たちの顔を見る。

「いいんだ、これで」

さっきと同じきれいな笑顔で、霧崎くんが言った。

「ありがとう、みんな。ほんとうに助かった。約束、守れなくて悪い」

そして私たちに背を向ける。

いやだ、そう思うと同時にあのとき会ったりかちゃんのことばを思い出した。


助けてあげて。


そう、私は彼を助けてあげなければならない。

霧崎！　みなが彼の名前を呼んだ。今度は夏の風が吹く。私の足が、考える間もなく前へと踏み出した。駄目、と私の口が叫ぶ。

もし、かみさまがあるのではなくいるのなら、お願い、これだけでいいからかなえて欲しい。

私は彼に死んで欲しくない。

霧崎くんの身体が傾く。世界が映画のようにスローに動いていた。私の身体だけが、自分の感覚で動いているみたいだった。目の前のフェンスなんて見えていなかった。ただ夢中で、彼のもとへと足を動かす。

お願い、かみさま。私は、彼が生きていてくれるなら、それでいい。

フェンスなんてなかった。私の身体は勢いよくそれがあったはずの場所を通り過ぎ、彼の腕をつかむ。

そして精一杯、引っ張った。自分の前に進むエネルギーと引きかえに。

勢いを失って私の身体が反転する。あのときと同じ。空を見て死にたいと思ったあのときと。

その代わり、すぐそこに霧崎くんがいた。彼の驚いた表情がよくわかる。彼が無事に屋上に戻ったことを確認して、心から安堵する。

もう、欲しいものもないし、失うものはない。不思議としあわせな気持ちでいっぱいだった。私はちゃんと、自分の意思で行動できた。

スローモーションの世界が終わり、私の身体は重力のままに落ちてゆく。すぐに背中にくる衝撃を覚悟して、私はゆっくりと目を閉じた。

そうして三分間の世界は終わる。

9. ばいばい。

まだ明るい空を見上げれば、飛行機雲がクロスを描いていた。遠くに入道雲があり、そこに向かって一筋、それと交差して一筋。

グラウンドからは部活動の声が聞こえてくる。野球のボールを狙い打つ金属バッドが、気持ちのよい音を奏でていた。サッカー部のかけ声も、陸上部の応援も。隣の校舎から聞こえる吹奏楽部の音色も、すべてが絡まって空に溶けてゆく。

汗がこめかみを伝い、首筋を流れていった。あたたかいだけの風が吹く屋上には私ひとり。ほかに人影はなかった。

なにをしていたんだっけ。そう思いながら腕時計に目をやると、時刻は五時半を過ぎていた。

ふたたび、風が吹く。同時にポケットの中のスマートフォンが震えた。それを取り出して、着信を確認する。

メッセージが一件。差し出し人が不明だった。

『ありがとう。りか』

たったそれだけ。誰だっけ、と思うとあたたかくてやわらかい風が、私の髪の毛を巻き上げていった。

そして突然響く、大きな音に驚く。振り返れば、階段に続く鉄製のドアが開いていた。

そこに、男子生徒が立っていた。両手を膝に当て、肩で息をしている。まだ吹いていた風が、彼の長い前髪をふわりと浮かせた。

かすかに見えた、きれいな瞳。それが私を真っ直ぐに見つめてくる。

その瞬間、真っ白なこころの中に、一気に青色が散りばめられた。

きらきらと、光を帯びて、それは私の全部を包んでゆく。

懐かしさとほんのすこしのさみしさが入り混じって、さざ波のように押し寄せてくる。

「生きてた」

ちゃんと思い出せた。そのことがうれしい。

「ああ」

彼がうなずいてくれる。ゆっくりと歩いてくる姿は、いつもの彼だった。

「さよなら、できたんだ」

目の前で止まった彼が、とてもきれいでやさしい笑顔をくれた。

今日は私の十六歳の誕生日。そんな日に、私は私の一部を捨ててゆく。

だけどさみしくなんかない。私がこの先歩いていくところには、彼が、彼らがきっといてくれる。ときには喧嘩もするだろう、ときには別れもあるだろう。けれどきっとまた、いつか出会える。今度こそ私は忘れない。

もし、かみさまという存在があるのではなく、いる、のならば。

私は大きく手を振って言おう。

ばいばい。ありがとう。

十五歳の私。

「誕生日おめでとう、弥八子」

あとがき

初めてこの作品を書いたのは、二〇〇九年のことでした。あれから七年、あのときありったけの想いをこめて書いた物語が、文庫となって世に出たことをこころから嬉しく思います。

はじめまして、八谷紬と申します。この本を手にとってくださり、ありがとうございます。読み終えたかたのこころに、なにかひとつでも彼らのことばが残っていたらいいなあと願うばかりです。

当初、この物語はケータイ小説として書いていました。みなさまが想像するような「改行ばかりで、主人公の独白調で物語が進む」ケータイ小説です。本当はもっとしっかりとした文章の（といっても私の中では、ですが）小説を書きたいと思っていましたが、ケータイ小説を読んでいる世代、つまりは十代のかたたちに読んでもらいたいと、あえて限りなくライトな文章で書き上げました（けしてケータイ小説が悪いわけではないです。あれはあれで、むずかしくもおもしろい、表現の世界でした）。

それはひとえに「本当に読んでもらいたいなら、最大限の努力をすべきだ。それがどんな結果であれ、私はそれを蔑まない」といった妹のことばがあったからでした。

妹はすでに創作者として道を歩み始めていたので、そのことばが深く深くこころに刺さったのを今でもはっきりと覚えています。

おかげで、彼らの物語を書くことができました。当時は最後のほうがうまくまとめられなくて、無理矢理終わらせたところがありました。

それが今、ほぼ全てを書き直して、新しい形で誰かのもとに届けることができることになったことをありがたく思います。あらためて彼らの物語を書くことは、楽しくもあり苦しくもあり、今となれば違う感情もありで、とても良い経験になりました。

この機会を与えて下さったスターツ出版のみなさま、友人、そしてサイトで読んでくださったみなさまに、感謝するばかりです。

また、すてきな表紙を描いてくださったｕｓｉさまをはじめ、文庫として形を作ってくださったみなさまにも感謝の気持ちを。

そしてこの本を手に取り、彼らの物語に触れてくださったみなさまにもたくさんのありがとうを伝えたく思います。

作品は作者の手を離れたら、読者のものになる。そう誰かが言っていたような気がします。この物語も、誰かのものになってくれたら、ほんとうに嬉しいです。そしてそのかたのなかで、弥八子や六佳の物語が続いてくれたら、と思います。

二〇一六年二月　八谷　紬

この物語はフィクションです。実在の人物、団体等とは一切関係がありません。

八谷 紬先生へのファンレターのあて先
〒104-0031　東京都中央区京橋1-3-1　八重洲口大栄ビル7F
スターツ出版(株) 書籍編集部 気付
八谷 紬先生

15歳、終わらない3分間

2016年2月28日　初版第1刷発行

著　者　　八谷 紬　

発 行 人　松島滋
デザイン　西村弘美
D T P　株式会社エストール
編　　集　篠原康子
　　　　　堀家由紀子
発 行 所　スターツ出版株式会社
　　　　　〒104-0031
　　　　　東京都中央区京橋1-3-1　八重洲口大栄ビル7F
　　　　　TEL　販売部　03-6202-0386（ご注文等に関するお問い合わせ）
　　　　　URL　http://starts-pub.jp/
印 刷 所　大日本印刷株式会社

Printed in Japan

定価はカバーに記載されています。
ISBN　978-4-8137-0066-1　C0193

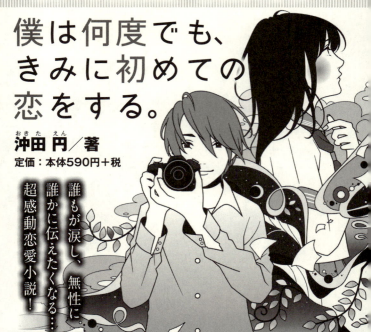

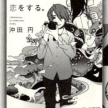

この1冊が、わたしを変える。
スターツ出版文庫　創刊第1弾！！
君が落とした青空
櫻《さくら》いいよ／著
定価：本体590円＋税
──ラストは、
生まれ変わったような気分に。
「野いちご」
切ない小説
ランキング
第1位
君が落とした青空
櫻いいよ
付き合いはじめて２年が経つ高校生の実結と修弥。気まずい雰囲気で別れたある日の放課後、修弥が交通事故に遭ってしまう。実結は突然の事故にパニックになるが、気がつくと同じ日の朝を迎えていた。何度も「同じ日」を繰り返す中、修弥の隠された事実が明らかになる。そして迎えた７日目。ふたりを待ち受けていたのは予想もしない結末だった。号泣必至の青春ストーリー！
ISBN978-4-8137-0042-5
イラスト／げみ

この1冊が、わたしを変える。
スターツ出版文庫　創刊第1弾!!
カラダ探し
上
下
ウェルザード／著
定価：本体　上巻590円＋税／下巻630円＋税
号泣必至!!
シリーズ第一弾
完結
コミックアプリ
少年ジャンプ＋にて連載中のマンガ版が
学園サバイバルホラー人気NO.1
『このマンガがすごい!WEB』(宝島社)
http://konomanga.jp/
今読むべき続きが気になる
理不尽系デスゲームマンガ
第1位
小説版が
E★エブリスタ
ケータイ小説サイト
野いちご
ホラーランキング 第1位
友達の遥から「私のカラダを探して」と頼まれた明日香達６人は、強制的に夜の学校に集められ、遥のバラバラにされたカラダを探すことに。しかし、学校の怪談で噂の“赤い人”に残酷に殺されてしまう。カラダをすべて見つけないと、11月９日は繰り返され、殺され続ける。極限の精神状態で「カラダ探し」を続ける６人の運命は？
累計23万部突破の人気シリーズ新装版!!
上巻：ISBN978-4-8137-0044-9　下巻：ISBN978-4-8137-0055-5
イラスト／村瀬克俊